TAKE
SHOBO

# 冷徹副社長と契約結婚

憧れのストライカーはとろ甘な極上旦那さまになりました！

ひらび久美

ILLUSTRATION
蜂不二子



蜜夢
MITSU
YUME

CONTENTS



MITSU YUME

イラスト／蜂不二子

# 冷徹副社長と契約結婚《けいやくけっこん》

憧れのストライカーは
とろ甘な極上旦那さまになりました！

# 第一章　ダメ元でぶつかってみました。

石川栞奈《いしかわかんな》は、創業七十年の中堅スポーツ用品メーカーに勤めるごく平凡な二十七歳のOLだ。身長が女性にしてはやや高めの一六七センチだという点を除けば、学歴も容姿も人並みである。けれど、結婚にはそれなりに夢を持っていた。

好きな人が自分を好きになってくれて、二人で穏やかで愛おしい日々を重ねて……この人と一生一緒にいたいと自然と願うようになる。相手も同じように感じてくれて、一生に一度の大イベント、プロポーズに至るのだ。

理想は夜景を見ながら……というシチュエーション。普段は行かないような高級レストランを彼が予約してくれて、特別なディナーを楽しむ。レストランを出たとき、ちょっと緊張気味の彼に「夜景を見ようか」と誘われる。そうして、夜景の美しさに見とれていたら、突然彼がポケットから、街の明かりよりもずっとずっと輝く指輪を取り出すのだ……。

栞奈はうっとりした表情でしばらく妄想に浸っていたが、やがてため息をついた。

そんな夢も、今から数分後に砕け散る。

夜景どころか外の景色も見えない、味気ないコンクリート打ちっ放しの地下駐車場で、退社直後の副社長をつかまえて、無謀にも逆プロポーズをするからだ。

三十六歳の若さで副社長を務める連城俊吾《れんじょうしゅんご》は、五年前まで、Jリーグに続いてスペインの一部リーグでプレーしていたプロサッカー選手だった。チームをリーグ優勝に導き、欧州クラブチームの王者を決めるUEFAチャンピオンズリーグでは、チームの初優勝に大きく貢献した。

そんな現役時代の彼は、情熱溢《あふ》れる攻撃的ストライカーとして有名だった。怪我が元で三十一歳で引退し、スポーツ用品メーカー『株式会社OSKイレブン』の副社長に就任してからは、そうした情熱はなりを潜めている。働きながらMBAを取得し、大胆な改革でマーケティング部門を立て直してからは、冷徹で合理的な経営者と評されている。どちらが本当の彼の姿かはわからないけれど、副社長としての彼を見る限り、冷静・冷徹・冷淡という、これでもかというくらい〝冷〟のつく評価がしっくりきた。

そんな彼なら、論理的に自己アピールをして、栞奈と結婚するメリットに納得してくれれば、栞奈の提案に乗ってくれるかも……と彼の〝冷〟の評価に一縷《いちる》の望みをかけている。

とはいえ、栞奈は八年前から俊吾の熱烈なファンで、彼のことをよく知っているが、俊吾の方は一社員に過ぎない栞奈のことを、きっと顔ぐらいしか知らないだろう。アナウンサーや女優、モデルとの密会がスクープされたことのある彼が、平凡な会社員と結婚したいと思ってくれるだろうか？

（……ものすごく望み薄、な気がしてきた……）

急速に自信がしぼんでこの場から逃げ出したくなったが、ぐっと踏みとどまる。

（弱気になっちゃダメ。この〝プレゼンテーション〟はなにがなんでも成功させなくちゃ。なにしろ妹とその友達みんなの人生がかかっているんだから……）

栞奈は両手で握り拳を作り、右側を見た。

そこに駐まっているのは、都会的でスタイリッシュな黒い高級外国車だ。運転席のある左側のドアの前で、さっきから三十分ほど俊吾を待ち伏せしている。

副社長だから、きっとオフィスを出る時間は遅いはず。けれど、栞奈は何時間だって待つ覚悟だった。

栞奈はドアにもたれて目を閉じた。脳裏に、祖母の遺言状と叔母夫婦の意地悪な顔が蘇《よみがえ》る……。

『あんな小さくて古い家、さっさと売ってしまえばいいのよ』

そう言ったときの叔母の顔を思い出して、ギュッと唇を嚙《か》みしめたとき、突然男性の低い声がした。

「君と約束した覚えはないが」

ハッとして目を開けると、連城副社長が助手席側のドアに手をかけていた。息をのんでしまうほど端整な顔立ち、スタイリッシュな黒のスーツに包まれた元サッカー選手らしい逞《たくま》しい長身。そこに立っているだけなのに、周囲を圧倒するようなオーラを放っている。

サッカー選手時代の短めのスポーティなヘアスタイルも、精悍《せいかん》な印象でかっこよかったけれど、今みたいに少し長くした髪を無造作に整え、濃紺の縁がおしゃれな眼鏡をかけた姿も、悶絶《もんぜつ》しそうなくらいステキだ。

（わわわっ、本物だ！　本物の連城俊吾だ〜！）

漫画なら絶対に目がハートマークになっているところだろう。けれど、すぐ近くで俊吾を見られた嬉《うれ》しいドキドキは、その超絶イケメンに突き刺すような冷たい視線を向けられて、あっという間に消え失せた。心臓がキュッと縮み上がり、さっきまでの意気込みはどこへやら、頭が真っ白になる。

「あの、わっ、私、きききき企画部の石川栞奈と申しまちゅっ。きょ、今日はふ、ふく副社長にお願いがありまして、お待ち……痛っ……じゃなくて、いだぢでおりまちたっ」

あまりに緊張したせいか、噛み噛みである。おまけに『お待ち』のときに本当に舌を噛んでしまい、最後なんてなにを言っているのか自分でもわからない。額には変な汗が浮かんで、顔が赤くなる。

「駐車場で待ち伏せしていたのは、君で確か五人目になるな」

俊吾は冷めた声で言って、車に乗り込んだ。

そっちは助手席のはず……と思ってスモークガラスの中に目をこらすと、栞奈がいる側こそが助手席だった。

外国車だけど、日本仕様だったらしい。

直後、お腹の底に響くような低い振動音がして、車にエンジンがかかった。

このままでは副社長が行ってしまう！

栞奈はとっさにドアハンドルに手をかけた。ラッキーなことにドアが開いて、栞奈は助手席に体を滑り込ませる。

直後、死ぬほど後悔した。

運転席から、背筋が凍るような冷たい声が聞こえてきたからだ。

「なにをやっている」

おそるおそるそちらを見ると、俊吾は切れ長の二重の目を細め、これ以上ないくらい険しい視線を投げている。

「誰も乗っていいとは言っていない」

「は、はいっ。わかってますっ。でも、あのあの、どうしてもお話を聞いていただきたいのです」

緊張のあまりますます顔を熱くしながらも、まっすぐに俊吾を見た。彼はこれ見よがしに大きなため息をつく。

「二分やる。さっさと用件を言え」

（たったの二分⁉）

さすがは冷徹で合理的と噂《うわさ》の副社長である。栞奈は慌てて口を開く。

「ええと、その、あの、私は今、妹と二人暮らしをしていましてですね」

用件を短くまとめなければと焦っているうちに、俊吾が左手の腕時計を見た。

「あと一分三十秒」

「ええーっ」

焦れば焦るほど思考が働かなくなり、栞奈は急いで口を動かす。

「あのあのあのっ、私っ、祖母の遺言で結婚を……副社長と結婚しなくちゃいけないんですっ！」

まとめすぎた。

栞奈がしまったと思ったとき、俊吾が眉を寄せた。

「俺は副社長として、君の顔は知っている。君の祖母と知り合いでないことは確かだ。それに、顔しか知らない君と結婚するよう遺言される理由も思いつかない」

なんの感情もこもっていない冷めた視線を向けられ、栞奈はますます舌が回らなくなる。

「そ、そそ、そうじゃなくてですねっ、期間は半年くらいでいいんで、私と結婚してほしいんですっ」

「まったく話にならないな。いったい君はなにを考えて仕事をしているんだ。企画部が聞いて呆《あき》れる」

俊吾は苦々しい表情で首を横に振った。

（こんなんじゃダメじゃないのー！）

プレゼンでは企画や商品の良さをアピールして、会社や取引相手にどんなメリットがあるのかを伝え、採用したい、買いたいという気持ちを引き出さなければならない。それなのに、こんなアピールでは副社長が栞奈という商品に興味を持ってくれるはずがない。

栞奈は焦りのあまり、俊吾のスーツの左腕を摑《つか》んだ。

「副社長のメリットは！　私を好きにしていただいていいってことです！」

栞奈が叫ぶように言った直後、俊吾が目を見開いた。切れ長の目が、文字通り丸くなり、次いで細められる。

「……ふ……ははは っ」

俊吾が笑い声を上げたので、栞奈はきょとんとなった。彼は左手を口元に当て、顔を背けて肩を振るわせる。

「君のような真面目そうな女性がそんなことを言うなんてね。人は見かけによらないな」

「え？」

俊吾の言葉に驚いて、栞奈は自分が言ったばかりの言葉を頭の中で再生する。

『副社長のメリットは！　私を好きにしていただいていいってことです！』

間違えた！　と思ったときには、後の祭りだ。青ざめる栞奈に向かって、俊吾は笑うのをやめて真顔で言う。

「そもそも俺には結婚願望がないし、女性と長く付き合う気もない。むしろ、君のように待ち伏せしたり家に押しかけてきたりする女性がいて、迷惑しているくらいだ」

「ち、違うんですっ。本当は『私を好きに使っていただいていいってことです』って言おうとしたんです！　家政婦として好きにこき使っていただいていいって意味です！　私と結婚してくだされば、半年間、無償で副社長のお役に立ちますっ」

「半年？　たいていの女性なら、副社長の俺の妻の座に一生おさまろうとするはずだが」

「いえ、私は本当に半年でじゅうぶんなんです。それ以上は副社長にご迷惑をおかけするつもりはありません。半年後には、きっぱりすっきりお別れしますっ！」

俊吾は「ふぅん」と考えるような声を出し、フロントガラスの向こうに視線を送った。

その横顔は、栞奈の申し出を真剣に検討してくれているようにも見える。

もう一押しすれば、契約締結に至るかもしれない。

栞奈は運転席に身を乗り出す。

「私、こう見えて家事は得意なんです。男性に人気の肉じゃがとか生姜《しょうが》焼き、ハンバーグもお手のものです。それにイタリア料理と中華料理も作れます！　副社長のような方ならフランス料理がお好きかもしれませんね。レシピ本があれば、たいがいのものは作れる自信があります！　お部屋もトイレもいつでもピカピカにして差し上げます！」

懸命な自己アピールを終えたとき、俊吾の横顔が一瞬にして険しくなった。怪訝《けげん》に思った直後、彼は栞奈を見て、右手を彼女の左肩に置く。

「それなら半年とはいえ、俺の妻になる覚悟を見せてもらおうか」

彼がそう言ったかと思うと、栞奈は肩をぐっと押されて、背中を助手席の背もたれに押しつけられた。

体を起こそうとするより早く、眼鏡を外し、まつげを伏せた俊吾の顔が近づいてきて、次の瞬間には彼の唇が栞奈の頬に触れていた。

「うにゃっ⁉」

驚いて変な声が出た。けれど、体はカチコチに固まっている。動けないでいると、柔らかく温かな唇がそっと栞奈の頬を食《は》んだ。啄《ついば》むような優しい動きに、心臓がドクンと音を立てた。言ってみれば、単なる〝ほっぺにチュー〟なのに、腰の辺りにゾクゾクするような刺激が走る。

なんでほっぺなんですか。私は唇でもぜんぜんオッケーです。っていうか、もういっそ好きにしちゃってください！

そう言いたくなるくらい、うっとりしてしまう。

「ふく、しゃ、ちょう……」

唇から零れた自分の声は、信じられないくらいにとろけていた。俊吾の手が頬に触れ、セミロングの髪を梳《す》くようにしながら後頭部に回された。彼の唇が耳たぶへと移動し、耳にふっと俊吾の息がかかった。

「あ……っ」

くすぐったくて首をすくめたくなるが、そんなことをしたらせっかくのいい雰囲気が台無しになる。

栞奈はギュッと目をつぶった。栞奈が無抵抗だからか、首筋に軽く唇が当てられ、そっと啄まれた。

「う、ちょ……そこは！」

ついにくすぐったくてたまらず、栞奈はパッと目を開けた。その瞬間、フロントガラスの向こうに女性の姿があるのに気づく。大人っぽい黒のワンピースを着た三十歳くらいの女性で、今にも噛みつきそうな恐ろしい形相で栞奈を睨《にら》んでいた。

「えっ、なんで……」

栞奈が思わず声を発したとき、俊吾が顔を上げた。片方の口角を引き上げ、不敵な笑みを浮かべる。

「俺と結婚したいなら、よそ見はしないことだな」

直後、助手席のリクライニングが倒された。

「えっ」

栞奈はとっさに起き上がろうとしたが、覆い被さってきた俊吾にギュウッと抱きしめられた。

その力強さに、またもやうっとりしそうになりながらも、栞奈は懸命に唇を動かす。

「ふ……ふく、副社長……誰かに……み、見られてます」

「俺は副副社長ではなく副社長だ」

俊吾に耳たぶをキュッと噛まれ、「あ」と甘い声が漏れた。

「そ……そうじゃなくて」

栞奈は俊吾の唇から逃れようと首を動かして、フロントガラスの向こうを見た。すると、さっきの女性の姿はもうなかった。

「あ、いない」

栞奈がホッと息を吐いたのに気づいて、俊吾は肩越しにフロントガラスの方に視線を向けた。そうして小さくため息をついて体を離す。彼の体が離れて初めて、栞奈は自分の全身が熱くほてっていることに気づいた。心臓なんて、びっくりするくらい早鐘を打っていて、ドクドクドクと鼓動が頭の中に響いている。

俊吾は体を起こして助手席のリクライニングを戻した。ダッシュボードの上に置いていた眼鏡をかけて、運転席に背中を預ける。

栞奈はわけがわからないまま、ブラウスの胸元をそっと押さえた。鼓動はまだ落ち着かず、服の上からでもドキドキと激しく鳴っているのが感じられる。

「俺のことはどの程度知っている？」

俊吾に訊《き》かれて、栞奈は運転席を見た。

「え？」

「君は俺に、いわば契約結婚を持ちかけた。その相手として、なぜ俺を選んだ？」

「ええと……どこからお話ししたらいいか……」

栞奈は気持ちを落ち着かせようと、深呼吸をした。

俊吾はシートベルトを引き出しながら言う。

「今日はこれから予定がある。できるだけ手短に頼む」

「あ、すみません」

「君の家はどこだ？　送りながら話を聞こう」

「お手数をおかけします……」

栞奈は大阪市の郊外にある駅の名前を伝えた。栞奈がシートベルトを締めるのを待って、俊吾がアクセルを踏む。車はゆっくりと加速して、地下駐車場のスロープを上がり、公道に出た。梅雨の真っ最中の六月、外はすでに暗くなっていて、ヘッドライトを浴びて雨で濡《ぬ》れた路面がキラキラと輝いている。

「私、大学一回生のときに事故で両親を亡くして……ずっと祖母と妹の三人で暮らしていたんです」

「さっき『祖母の遺言で』と言っていたな。おばあさんも亡くなられたのか？」

「はい。二ヵ月前に……」

「気の毒に……」

運転席から低い声が聞こえてきた。栞奈は前を向いたまま話を続ける。

「七十三歳になったばかりでした。二年前に病気で倒れてから、家事もほとんどできなくなったんですけど、まだまだ私たちと一緒にいてくれると思ってたんです。だから、妹も私もすごくショックでした。でも、もっとショックだったのは……四十九日の法要が終わったあと、開示された祖母の遺言状の内容でした」

　栞奈はそのときの衝撃を思い出し、ふぅーっと息を吐いた。

「祖母と妹と暮らしていた家は、駅前の商店街の近くにあるんです。妹はベーカリーを開くのが夢で、専門学校に通い、卒業後は大手ベーカリーで修業を積みました。そして、妹の夢を応援するために、三年前に家を改装して一階をベーカリーにしたんです。店は妹と二人の友達が切り盛りしていて、祖母も二年前に病気になるまでは、ときどき手伝っていました」

　信号が赤に変わり、車がゆっくりと停車した。俊吾が黙っているので、栞奈は説明を続ける。

「その家は祖母の名義だったんですけど、遺言状に、家は祖母の死後、半年以内に私が結婚したら私が相続し、そうでない場合は叔母が相続する、と書かれていたんです」

「さすがにそんな内容なら誰だって驚くだろうな。その叔母さんは近くに住んでいるのか？」

「いいえ。九州に住んでいて……両親が亡くなってからずっと会ってなくて……祖母の葬儀のときに八年ぶりに会いました」

「君はその家を相続したいから、結婚相手を探しているというわけなのか」

　俊吾が助手席をチラリと見た。

「はい。それで……副社長にお願いしようと思ったのは……」

どこまで説明しようか悩んで、栞奈は口をつぐんだ。

八年前、栞奈は両親を亡くし、まだ高校生だった妹と二人きりで残された。祖母が呼び寄せてくれて、今の家に身を寄せたものの、なにもする気になれなかった。大学も休み、アルバイトも辞めて、ただ家でじっと過ごしていた。そんなある日、Jリーガーだった連城俊吾のニュースを見たのだ。

それは、試合中、選手生命が絶たれてもおかしくないくらいの大怪我を負った彼が、手術と大変なリハビリを乗り越えて、再びピッチに立ったというニュースだった。復帰戦となったその試合で、彼は手術をした左足でゴールを決めた。そのときの彼の表情に胸を打たれたのだ。

それはチームにとっての決勝点であっただけでなく、彼にとって苦難を乗り越えた証のゴールだった。スポーツニュースのハイライトで流れた映像では、彼はピッチで両膝をつき、今にも泣き出しそうな表情で、いたわるように左足を撫《な》でた。

『復帰する力をくれたたくさんの人たちに感謝しています。進むべき道があるのだから、立ち止まってはいられません』

試合後のインタビューで、彼はカメラをまっすぐ見ながらそう語った。そのときの彼の眼差しと言葉にハッとさせられた。

自分は立ち止まったままではないのか？

妹の友奈《ゆうな》を守らなければいけない。友奈はまだ高校二年生なのだ。祖母だって娘夫婦を亡くして気落ちしている。やらなければいけないことがあるのに、進むべき道があるのに、立ち止まっていてどうするんだ……！

その次の日から、栞奈は泣くのをやめた。それまで育ててくれた両親に感謝し、自分たちを引き取ってくれた祖母に感謝し、前だけを見ることにした。

そうして両親のいない日常をどうにか歩けるようになったとき、それまでまったく興味のなかったサッカーが好きになった。それはもちろん、俊吾がプレーしていたからだ。

アルバイトや勉強で忙しく、スタジアムに足を運んですべての試合を見ることはできなかったけれど、スタジアムに行けないときは、必ずテレビで見て応援した。数ヵ月後、彼がスペインのプロサッカーリーグであるリーガ・エスパニョーラ一部リーグのビッグチームに移籍したあとも、衛星放送で彼のチームの放映があれば録画して見て、彼のことが取り上げられた新聞や雑誌は欠かさずチェックした。

俊吾が再び怪我をしたときは、また手術を乗り越えて復帰してくれることを願った。しかし、残念ながら彼は引退を発表した。そして、彼が帰国して、スポーツ用品メーカーの副社長に就任すると知り……栞奈はその会社の就職試験を受けたのだ。採用されたときは天にも昇る気持ちだった。あの連城俊吾と同じ会社で働けることになったのだから。

けれど、それを正直に伝えてはいけない気がした。さっき彼に、『俺には結婚願望がないし、女性と長く付き合う気もない。むしろ、君のように待ち伏せしたり家に押しかけてきたりする女性がいて、迷惑しているくらいだ』と言われたばかりなのだ。

〝あなたをずっと心の支えにしてきました、部屋にポスターやサイン入りTシャツを飾り、サッカー雑誌の優勝記念号やオフィシャルブルーレイも持っているくらいの熱烈なファンです、そんな憧れのあなたとひとときだけでも一緒に過ごしたいと思ったんです〟などと言おうものなら、重い女だと思われて、断られてしまう可能性が大だ。

栞奈は大きく息を吸って、ゆっくりと口を動かす。

「私も一応、結婚には夢を持っていました。でも、今はそんなことを言っている時間的余裕がないんです。副社長に契約結婚をお願いしようと思ったのは、副社長が冷静で合理的な方だからです。いかがでしょうか、副社長。お仕事でお忙しいのに、一人暮らしだと料理や掃除など、大変ですよね。家政婦を雇ったつもりで、半年間、私と結婚していただけませんか？　絶対にお役に立ちますから」

「君は今いくつだ？」

「二十七歳です。先月なりました」

「そうか」

俊吾は低い声でつぶやいた。それっきり、無言で運転している。車内に落ちた沈黙に、栞奈はたまらなく居心地が悪くなる。

ふざけた申し出、それとも失礼な申し出だと思われただろうか。そもそも結婚願望がないという相手に頼める話ではなかったのではないか？

クビにされたらどうしよう。冷淡で合理主義の彼に、会社の駐車場で契約結婚を持ち出すような平社員など、業務の邪魔だと思われたら……？

悪い考えがどんどん頭の中に湧いてきて、あれほど固めた決意が揺らぎ始める。見慣れた商店街が見えてきたときには、さっきの話は全部冗談です、と言おうかという気にさえなっていた。

「あの〝しあわせベーカリー〟って看板の出ている店がそうか？」

俊吾に問われて、栞奈は思わず背筋を伸ばした。

「は、はい！」

商店街の手前にある、とっくにシャッターの下りた店の前で車が停まった。

まずは謝って、さっきの話を忘れてもらうよう頼もう。そう思って、栞奈は俊吾を見た。けれど、俊吾が栞奈を見つめていて、その射るような眼差しに心臓が跳ね、言葉を失う。

「契約結婚だが……俺には君が言った以外にも、メリットがある」

栞奈は一度瞬きをした。俊吾はハンドルに右手をかけて、ゆっくりと息を吐く。

「さっき駐車場に女性がいただろ？」

「え？」

「黒いワンピースの」

俊吾に言われて、栞奈は俊吾に頬にキスされているとき、車の前に怖い顔の女性がいたことを思い出した。

「あ、はい」

「彼女は俺の従妹《いとこ》なんだ」

「ええっ」

そんな相手に、あんなイチャイチャしているようなシーンを見せてもいいものなのか。

栞奈が青ざめると、俊吾は口元に苦い笑みを浮かべた。

「従妹と言っても、叔父の再婚相手の連れ子だから、血のつながりはない。三十歳になる前に結婚したいって何度か言われたから、『いい相手が見つかるといいな』とか答えていたんだが……どうやら彼女は俺と結婚したいらしい」

俊吾の話には驚いたが、従妹で、ましてや血がつながっていないのだから、周囲も結婚に反対しないのではないか。

栞奈はそう思ったが、俊吾は苦い表情のままだ。

「俺にとって、彼女は本当にただの従妹なんだ。叔父と彼女の母親が再婚したときは、彼女、まだ五歳だったし、俺はどうしても彼女を一人の女性として見ることができない。三十歳の誕生日が迫って焦っているのか、最近はあんなふうに会社の駐車場や家の前で待ち伏せする始末なんだ。従妹としては好きだけど、結婚はできないってきっぱり言ったんだが……」

俊吾が深いため息をつき、栞奈はピンと来る。

「だから、あのときその従妹さんがいるのに気づいて、私にあんなことを……」

頬へのキスだったけれど、憧れの人にキスされて嬉しかった。あのときの全身が甘く痺《しび》れるような感覚を思い出すだけで、今でも体が震えそうになる。

栞奈はバッグの持ち手をギュッと握った。俊吾は前を向いて言葉を発する。

「君と結婚すれば、従妹も俺のことを諦めてくれるだろう。だから、目下の悩み事が解決するというメリットになるわけだ」

そう言っておもむろに栞奈を見て、右手を差し出した。

「契約成立だ」

「え？」

栞奈は俊吾の右手から彼の顔へと視線を動かした。

「半年間、君の夫になろう」

「えっ、ホ、ホントにいいんですか？」

俊吾はわずかに眉を寄せる。

「話を持ちかけてきたのは君の方だろう？」

「あ、はい、そうですっ。ぜひ、ぜひっ、よろしくお願いいたしますっ」

栞奈は急いで右手を伸ばし、彼の手を握った。大きな手が栞奈の手を包み込んで、すぐに離れる。

これで祖母と暮らした思い出の家を、友奈と友達の夢の結晶である店を、守ることができる。そして、話をすることすらできないような雲の上の憧れの人と、半年もの間、夫婦になれるのだ……。

なにか熱いものが込み上げてきて、苦しくて息が詰まりそうだ。視界が滲《にじ》んで、嗚咽《おえつ》が漏れそうになり、栞奈は右手で口を押さえた。

「どうした？　気分でも悪いのか？」

俊吾に顔を覗《のぞ》き込まれそうになり、栞奈は窓の方に顔を向けた。俊吾と結婚できることが嬉しくて泣きそうになっている、憧れ丸出しの顔など、見せられるわけがない。

栞奈は瞬きを繰り返して涙を散らし、大きく深呼吸をして顔を上げた。

「大丈夫です。すみません。自分で言い出したことではありますが、ちょっと……信じられなかったんです。いくらメリットがあるとしても、副社長が私みたいな平凡な普通の女との契約結婚を了承してくださるなんて……」

「君が普通の女性だとも思えないが」

「え？」

栞奈が首を傾げ、俊吾は呆れたように息を吐いた。

「ほとんど話したことのないような会社の副社長に契約結婚を持ちかける女性を、普通とは言わないと思うぞ」

俊吾に言われて、栞奈は小さく舌を出した。

「そうですよね」

「だが、半年間、退屈しないで済みそうだ。それも大きなメリットだな」

俊吾が口元に小さく笑みを浮かべた。そんな彼の表情に、琹奈の胸がトクンと音を立てる。副社長になってから俊吾が笑うのを見た記憶は、一度もなかったから――。

# 第二章　予想外ですが、契約成立となりました。

昨日は住居兼店舗まで栞奈を送ったあと、俊吾は「予定があるから」と言って帰っていった。連絡先だけ交換し、契約結婚の詳細は翌日の土曜日に話し合うことになった。ランチでも食べながら……ということで、近くまで車で迎えに来てくれる俊吾とこれから食べに行く予定だ。

洗濯物を干して部屋の掃除をしたあと、栞奈は三階の自分の部屋で、壁の時計を見上げた。待ち合わせの十一時まで、あと一時間半ある。

（なにを着ようかな～）

カバーつきのハンガーラックから、あれこれと服を出しては悩んで、ようやく決めた。袖にスリットが入ったアイボリーのブラウスに、膝下丈の深緑のフレアスカートを合わせた。スカートがシックなデザインなので、フェミニンな印象だ。高級レストランは無理かもしれないが、ランチならこれで大丈夫だろう。

副社長と契約上でも結婚するのなら、高級レストランに行けるような服も何着か必要だろうか。けれど、半年で離婚するのなら、買いそろえる必要はないかもしれない。

そんなことを思いながら、今度はメイクに取りかかる。存在感の薄い奥二重の目がぱっちり目立つように、小ぶりな唇が女性らしくふっくら見えるように、精いっぱいの努力をしてメイクをした。

鏡に映る自分の顔を見たら、頬が紅潮していた。俊吾と結婚できるなんてと思うと、嬉しいような緊張するような複雑な気持ちだ。ただ、鼓動だけはどうしようもなくドキドキと鳴っている。

けれど、彼との結婚は半年間という期限つきのもの。

夢だった夜景を見ながらのプロポーズもない。それになにより、両想いになって付き合って……というプロセスもない。文字通りの契約結婚だ。

「はぁ……」

気づけば深いため息が漏れていて、鏡の中の顔が悲しげに歪《ゆが》んで見えた。

（こんなんじゃダメだ）

栞奈は両手で頬を軽く叩《たた》いた。二階の和室に下りて、仏壇の祖父母と両親の写真に「行ってきます」と声をかけた。一階の裏手にある玄関から外に出て、しあわせベーカリーの自動ドアから店内に入る。

「いらっしゃいませ」

焼き上がったパンを棚に並べていた友奈が振り返った。客が姉であることに気づいて、「な～んだ、お姉ちゃんか」と声を出す。白いコックコートにコックパンツ、茶色のエプロン姿の友奈は、栞奈より五センチほど背が低い。ぽちゃぽちゃした頬が愛らしい彼女は、栞奈から見ても癒やし系だ。

「こらこら、姉とはいえ、お客さまなんだから、『な〜んだ』はないでしょ」

栞奈は笑って言った。妹と一緒に店を切り盛りしている二人の友達は、厨房《ちゅうぼう》にいる。三人は製パン技術専門学校時代からの親友だそうだ。

こぢんまりした店内を見回して、栞奈はお気に入りのオレンジデニッシュとレモンデニッシュをトレイにのせた。これから会う俊吾に食べてもらおうと思ったのだが、彼が甘いものが苦手な場合を考えて、ベーコンエピとグリッシーニ、明太フランスものせた。

栞奈はレジカウンターにトレイを置く。

「これ、お願い。これから出かけるけど、夕方には帰ってきて、晩ご飯は作るから」

「出かけるって、誰とどこへ？」

「えっ」

友奈に訊《き》かれて栞奈は返事に困った。

俊吾のことはまだ友奈に話していなかった。正確には、朝が早いパン職人の友奈に、昨日帰ってから話す時間がなかったのだけれど。

手短に説明することができず、栞奈は話を濁す。

「ちょっとランチを食べに行くだけだよ」

「男の人となんでしょ？」

「え、ど、どうしてそう思うの？」

「だって、お姉ちゃん、おしゃれしてるもん」

「私だってたまにはおしゃれくらいするけど」

栞奈は笑ったが、友奈は表情を曇らせた。

友奈はもちろん祖母の遺言状の内容を知っていて、栞奈が悩んでいるのを見ていた。そして、両親の死後、学生時代は家計を助けるためにアルバイトに精を出し、就職後は祖母の負担を減らし、妹の夢を応援するため、家事を率先して引き受け、祖母が倒れたあとは祖母の身の回りの世話もしていた栞奈に、恋人を作る時間などなかったことも知っている。

「相手はどういう人？　どこで知り合ったの？　結婚詐欺師とかじゃない？　ちゃんとしてる人？」

おっとりした妹から次々に質問を投げかけられ、栞奈は胸の前で小さく両手を上げた。

「ちょ、ちょっと、どうしたの、友奈。そんなにいっぺんに訊かれても答えられないよ」

「だって、お姉ちゃんのことだから、結婚相手を見つけようとして無茶しそうだもん」

図星を指され、栞奈は内心ギクリとした。我が妹ながら侮れない。

友奈は真剣な表情で言う。

「ねえ、お姉ちゃん、慌てて結婚相手を探さなくていいんだからね。私、お姉ちゃんがお店のために好きでもない人と結婚するなんて、嫌だよ。そんなことになるくらいなら、友達と一緒にどこか別の場所で物件を探すから」

「えっ、それはダメだよ。この家はお母さんが育った家だし、おばあちゃんとの思い出がいっぱいつまった大切な家だもん。手放すなんて考えられない」

「でも……」

栞奈は妹を安心させるため、大きな笑顔を作った。

「それに実はね、今から会う人は、私がずっと好きだった人なの」

「ええっ、お姉ちゃんに好きな人がいたなんて初耳なんだけど！」

友奈が声を上げたとき、自動ドアにつけた鈴がチリリンと鳴って、客の来店を知らせた。

「いらっしゃいませ」

厨房から友奈の友人が一人顔を覗《のぞ》かせた。

さすがに客がいては話を続けることはできず、友奈はヤキモキした表情を浮かべながら、栞奈のパンを袋に入れた。栞奈は代金を渡し、声を潜めて言う。

「叶《かな》うはずなんてないと思ってた恋だから、秘密にしてたの。だけど、いい機会だから、彼を呼び出して想いをぶつけてみようと思ったんだ。うまくいったら教えるね」

「そういうことだったんだね。だったら、うまくいくよう祈ってる」

「ありがとう」

栞奈はにっこり笑って妹に頷《うなず》いた。これで友奈への説明はうまくできそうだ。友奈には、今日、俊吾に告白してＯＫをもらえたのだと言えばいい。

栞奈は店を出て、足取りも軽く歩き出した。待ち合わせ場所である駅前のロータリーに向かっていると、背後で軽くクラクションが鳴った。振り返ったら、見覚えのある黒の外国車がゆっくりと停車した。助手席の窓が下がって、運転席にいる男性の姿が見える。今日は眼鏡をかけていないので一瞬戸惑ったが、俊吾だ。

「やあ」

俊吾が身を乗り出して、助手席のドアを開けてくれた。

「乗って」

「ありがとうございます」

栞奈は礼を言って助手席に乗り込み、ドアを閉めた。

今日の俊吾はライトグレーのVネックのサマーニットに麻の黒いジャケット、ベージュのパンツという格好だ。首からさりげなく提げた革紐《かわひも》のリングネックレスがおしゃれだ。サッカーのユニフォームでもなく、スーツでもない彼の姿を見ても、やっぱりときめいてしまう。

俊吾は栞奈が手に持っているベーカリーの紙袋を見て、「あれ」と声を上げた。

「パンを家に置いてこなくていいのか？」

「あ、いえ、これは副社長に食べていただこうと思ったんです。妹たちのベーカリーのものです。身内びいきかもしれませんが、本当においしいんですよ」

栞奈が紙袋を差し出すと、俊吾は後部座席に手を伸ばした。なにをしているのかと見ていたら、彼は後部座席から同じ紙袋を取って栞奈に見せた。

「えっ、副社長も買い物されたんですか?」

「ああ。十五分ほど前かな。君の妹さんの店だと言うから気になって」

「お買い上げありがとうございます。でも、こんなに食べられないですよね……」

栞奈は肩を落とした。

「それなら、今日は天気もいいし、どこか景色のいいところに行って一緒にパンを食べようか。実はあまりにおいしそうだったから、買いすぎてしまったんだ」

栞奈が俊吾を見たら、彼は紙袋を小さく揺らして「どうだ?」と言った。

契約内容を詰めるだけの事務的で味気ないランチになるかと思っていたのに、デートみたいで栞奈は嬉しくなった。けれど、その気持ちに気づかれないように、あえて淡々と答える。

「私は……それでも構いませんが」

「近くに植物園がある。そこでいいかな?」

「はい」

栞奈がシートベルトを着けたのを確認して、俊吾はアクセルを踏んだ。

梅雨の晴れ間らしく、窓の外は明るい青空が広がっていた。車内には爽やかな洋楽が流れている。これぞ憧れのデートの雰囲気だ。

栞奈は座席に背を預けながら、ワクワクしてほころびそうになる口元を懸命に引き締めた。

それから三十分ほどして、大阪市南部にある大きな公園に到着した。駐車場で車から降りると、俊吾は胸ポケットに入れていたサングラスをかけた。

「今日はコンタクトなんですか？」

栞奈の問いかけに、俊吾はサングラスを少し下げて目を覗かせる。

「いや。裸眼で一・〇見える」

「じゃあ、普段かけてるあの眼鏡って……」

「伊達《だて》眼鏡だ」

あっさり言われて、栞奈は「ええーっ」と声を上げた。

「引退して表舞台から五年も消えているのに、俺だと気づかれることがまだたまにあるんだ」

栞奈は首を傾げた。

「元プロサッカー選手だって気づかれたくないんですか？」

「もし俺が注目されたら、君が居心地悪いだろうと思ってね」

俊吾が気を遣ってくれていたのだと知って、栞奈は少し意外に思った。眼鏡のせいもあって、普段は噂《うわさ》通り〝冷徹副社長〟に見えるからだ。

「普段の眼鏡はイメージ作りのためもある」

栞奈はなるほど、と思った。知名度を買われただけの客寄せパンダだと思われたら、誰だって不本意だろう。

「確かに、あの眼鏡は仕事ができるクールな男性ってイメージを与えてくれますもんね。でも、イメージだけじゃなくて、副社長は本当にすばらしいお仕事をされていると思いますよ。マーケティング部門を刷新してから、会社やブランドの認知度が上がって、売り上げもぐっと伸びてますしね」

「……ありがとう」

俊吾がふいっと視線を逸らして、軽く左頬をかいた。もしかして照れているのかも、と思ったが、サングラスのせいで表情はよくわからなかった。

植物園は駐車場から少し歩いたところにあり、俊吾が入り口で二人分のチケットを買ってくれた。中に入ってすぐのところに大きな池があり、ハスの鮮やかな緑の葉と薄ピンクの蕾《つぼみ》が、水面を覆い尽くさんばかりに広がっている。

「ハスはまだ咲いてないんですね。今はなにが見頃なんだろう……」

栞奈は入り口でもらったパンフレットを広げた。やはりこの時期はアジサイが見頃のようだ。案内に従って、アジサイ園を目指すことになった。土曜日の昼前らしく、遊歩道にはカップルや家族連れの姿がたくさん見られる。

池の畔に、濃淡さまざまな紫色の花が咲いているのに気づいて、栞奈は声を上げた。

「あっ、ハナショウブだ！」

栞奈は木でできた遊歩道をパタパタと駆けて花に近づく。

「詳しいんだな」

あとから俊吾がゆっくり歩いてきて、栞奈に並んだ。

「祖母が花が好きだったんで」

栞奈は膝に両手をついて花を覗き込んだ。すっと伸びた茎が凛々《りり》しい。

「ここに来たことは？」

「ありますよ、何度も。車がないので、電車でしたけど」

栞奈は懐かしい思いに浸りながら、ゆっくりと遊歩道を進んだ。同じように俊吾が歩調を緩めて、栞奈のそばを歩いている。これまで彼と話していても、そのキビキビした口調が印象的だったから、こんなふうにのんびり歩く彼を見るのは不思議な気分だ。

「副社長は……休日はどんなふうに過ごされるんですか？」

栞奈は足を止めて俊吾を見た。彼はふっと目を逸らして、ハスの池の対岸に顔を向けた。

「まあ……いろいろだな」

（濁された？）

なんだか詳しく聞いてはいけないような言い方だ。

栞奈は質問の仕方を変える。

「お忙しそうですよね。こんなふうにのんびり過ごすことってあるんですか？」

「どうかな。あまりないかもしれない。ずっとサッカーをやってたから、体を動かしていない自分が想像できない」

「やっぱりスポーツ選手ってそうなんですね」

そう言ったとき、お腹が鳴りそうになって、栞奈はとっさに腹筋に力を入れた。栞奈が真顔で黙り込んだのに気づいて、俊吾が顔を覗き込む。

「どうした？」

「あ、や、お腹空いたな〜って。副社長はお腹空きませんか？」

「そうだな。先にパンを食べてから、アジサイ園に行くか」

「はい！」

妹が作ったおいしいパンを想像して、今度こそ本当にお腹が鳴り、栞奈は俊吾のそばから飛び退いた。俊吾が怪訝《けげん》そうな顔になって栞奈に近寄ろうとするので、栞奈は左手でお腹を押さえて、右手で俊吾を牽制《けんせい》する。

「あの、来ないでください」

「お腹が痛いのか？」

「違います」

「無理するな」

俊吾が一歩近づき、栞奈はじりっと後ずさった。

「そうじゃなくて……お腹が鳴りそうなんです〜」

栞奈は情けない声を出した。俊吾はピタリと足を止め、栞奈の顔をまじまじと見る。彼に見つめられて、栞奈の頬が朱を帯びた。

「恥ずかしいから見ないでください」

栞奈が体を丸めたとき、くっくと笑う声が聞こえてきた。

「昨日も思ったが……君は本当におもしろいな」

栞奈が顔を上げると、俊吾は今度は声を上げて笑い出した。

「はははははっ」

口元が大きな弧を描き、明るい表情だ。

「え、そ、そんなに笑わないでくださいよ」

俊吾に笑われて恥ずかしいが、冷徹なはずの副社長が楽しそうに笑うさまに、自然と笑みを誘われる。

（副社長ってこんなふうにも笑うんだ……）

ほんの数十分で、彼の知らない面をいくつも見た。彼の笑顔を感慨深げに見ていたら、俊吾がようやく笑うのをやめた。

「悪い。久しぶりに大笑いした」

「笑いすぎですよ、副社長」

「俊吾だ」

「はい？」

栞奈は瞬きをして彼を見た。

「俺のことは俊吾と呼んでくれ。俺たちは……夫婦になるんだろう？」

俊吾が真顔で栞奈を見た。その真剣な面持ちに、期間限定の夫婦なのだとわかっていても、鼓動が高くなる。

「君のことは栞奈と呼んでいいかな?」

「あ、はい」

「栞奈」

さっそく名前で呼ばれて、心臓がドキンと跳ねた。

彼の形のいい唇から零れた低い声に、ほんの少しの甘さを感じてしまうのは……きっと栞奈の願望の表れなのだろう。

(だって、副社長にとって、私は従妹さんを撃退するための契約結婚の相手なんだし)

そう思うと、急に寂しさを覚えた。

「いい名前だな」

「ありがとうございます。副社長のお名前も、かっこいいですよ。前からそう思ってたんです。本当にずっと」

初めてあなたのことを知ったときから。そう言おうとした唇に、俊吾が立てた人差し指をそっと当てた。

「俊吾だ」

彼に見つめられ、唇に触れた彼の指の感触にドギマギしながら、栞奈は声を発する。

「しゅ、俊吾、さん……」

「ぎこちないな」

そう言われても、緊張するのと嬉しいのとで、まともに唇が動かないのだ。

栞奈は一度息を吐いて彼を呼ぶ。

「……俊吾さん」

「まあ、そんなものか。慣れろよ」

俊吾が歩き出したので、栞奈は急いで彼に続いた。芝生が広がるエリアにベンチを見つけて、俊吾が指差す。

「あそこで食べよう」

木陰になったベンチでは、ほかにも家族連れやカップルがお弁当を食べていた。

「はい」

空いているベンチに並んで座ったとき、売店の横に自動販売機があるのが見えた。

「あ、私、なにか飲み物買ってきます」

栞奈が立ち上がろうとしたのを、俊吾が左手で制する。

「いや、俺が行く。なにがいい？」

「えっと、じゃあ、カフェオレをお願いします」

「わかった。待ってろ」

俊吾が立ち上がって自動販売機に向かった。彼とすれ違ったカップルが、振り返って俊吾を見る。

確かに俊吾は、サングラスをかけていても二度見したくなるようなイケメンだ。彼女はそれで振り返ったのかもしれないが、彼氏の方は違ったようだ。俊吾のあとを追ってなにか声をかけた。きっと彼が〝あの連城俊吾〟だと気づいたのだろう。

栞奈は思わず腰を浮かせたが、自分が行っても俊吾の助けになるとは思えない。どうしようか迷っているうちに、男性が右手を差し出し、俊吾が軽く握手をした。彼氏はぺこりと頭を下げ、嬉しそうな表情で彼女と歩き出した。

栞奈はホッとしてベンチに腰を下ろした。

芝生広場に視線を転じたら、小さな女の子の姿が見えた。五歳くらいだろうか。ストローでシャボン玉を飛ばしている。近くでは数人の男の子が、飛んできたシャボン玉を割ろうとジャンプしたり、手を振り回したりして、はしゃいでいる。それを見守る父親や母親の姿もあって、のどかな休日の風景だ。

微笑ましい光景に思わず笑みを零したとき、右頰に冷たいものが触れた。

「冷たっ」

見上げると、カフェオレの缶を持った俊吾がニッと笑った。

「びっくりしたじゃないですか」

「よそ見をしてたからな」

「よそ見って……」

「『俺と結婚したいなら、よそ見はしないことだな』って言っただろ？」

俊吾は栞奈にカフェオレを渡して、隣に腰を下ろした。

「別によそのパパさんたちに見とれてたわけじゃないですよ？　かわいい子どもたちを見てたんです」

栞奈は広場を駆け回っている男の子たちに視線を向けた。あどけなくてかわいらしくて、つい頬が緩む。

「栞奈は……やっぱり半年がいいのか？」

俊吾に問われて、栞奈は彼の方を見た。

「半年って……あ、契約結婚の期間のことですね？」

「ああ」

「祖母が亡くなって半年が経つ十月六日までに、結婚した証明として、戸籍抄本を叔母に渡さないといけないんです。それまでに結婚できれば、そのあといつ離婚してもいいんですけど……。でも、家を相続してすぐに離婚したと知られて……万が一、私の相続が無効だとか訴えられたら困るんです。住むところがなくなって、妹も友達と経営している店を失ってしまいます。ですので、半年くらい結婚しててくださると助かるんです。でも、副……俊吾さんには半年でも長いですか？」

「いや。栞奈が半年がいいというのなら、半年で構わない」

俊吾がひときわ低い声で言って、ブラックコーヒーの缶を開けた。

「すみません、無理を言って。叔母夫婦に私が家を相続することを認めてもらったら、できるだけ早く離婚届を出しますから」

俊吾はコーヒーを一口飲んで、栞奈を見た。

「その前に婚姻届を出さないといけないわけだが」

「そうですね。いつ頃がいいですか？　副社長はお忙しそうですし、私、一人で区役所に提出してきましょうか」

「いくらなんでもそれは味気ないだろう。昨日、『私も一応、結婚には夢を持っていました』と言っていたが、栞奈の夢はどんな夢だったんだ？」

「それは……」

栞奈はカフェオレの缶をギュッと握った。

「今はもう考えないようにしてるんです」

俊吾はサングラスを外して胸ポケットに入れ、栞奈に顔を向けた。

「栞奈はそれでいいのか？　妹さんの夢を叶える手伝いをしたのに、自分の夢は叶えようとしないのか？」

なぜだか鼻の奥がつんと痛んで涙の予感がした。栞奈は俊吾の顔を見る。意志の強そうな切れ長の二重の目が、栞奈をじっと見つめている。

ずっと憧れていた人。守るべきものを思い出させてくれた人。歩き出す勇気をくれた人。手の届かない……雲の上の人。

涙が浮かびそうになって、栞奈は下唇をギュッと噛《か》んだ。

好きな人と想いが通じ合って……愛し愛されながら結婚したいと思っていた。願うとしたら、それだけだ。自分が好きになった人が、自分を好きになってくれる。ただ、それだけ。

「栞奈？」

俊吾の視線から逃れるように、栞奈はうつむいて唇を動かす。

「だって」

「だって？」

「叶いっこないですから」

栞奈はパンの入った紙袋を開けた。すんと鼻を鳴らしたのを聞かれたくなくて、わざとガサガサ音を立てる。

「このオレンジデニッシュ、私の一番のお気に入りなんです。よかったら食べてください」

「……ありがとう」

俊吾はデニッシュを受け取り、彼の紙袋を開けてサンドイッチを取り出した。

「君の妹さんにお勧めされたサンドイッチだ」

栞奈はＢＬＴサンドのパックを受け取りながら俊吾を見た。

「妹と話したんですか？」

「妹さんから話しかけてきてくれた。優しそうな妹さんだ」

「そうですね。優しくてがんばり屋で……大好きな自慢の妹です」

「俺には兄弟がいないから、少し羨ましい」

俊吾はつぶやき、BLTサンドのパックをもう一つ取り出した。袋からはさらに卵サンド、チョコクロワッサンが出てくる。

「そんなに食べられるんですか？」

「買いすぎたと言っただろ」

俊吾の口調がかすかに不機嫌そうになった。その口調と、冷徹と評される普段の姿とのギャップに、思わず笑みを誘われる。

「あれは本当だったんですね」

栞奈がクスッと笑い、そんな彼女を見て、俊吾は安堵《あんど》したように頬を緩めた。

# 第三章　契約にアレを含められました。

栞奈はBLTサンドを食べたあと、お気に入りのレモンデニッシュを俊吾と半分こにした。一方の俊吾は、BLTサンドに卵サンドとベーコンエピ、オレンジデニッシュも食べて昼食を終えた。買いすぎたと言いつつ、さすがは元スポーツ選手。すごい食欲である。

ドリンクを飲んで一息ついてから、俊吾が言う。

「そろそろアジサイ園に行こうか」

「そうですね」

栞奈はゴミを手早く紙袋にまとめ、それを俊吾がゴミ箱に捨ててくれた。彼と並んで芝生広場を歩く。広場は人が多くて、楽しそうな話し声や子どもの笑い声に満ちている。

広場から出て歩道を進み、周囲に人がいなくなったとき、俊吾が低い声で言った。

「栞奈にとって……これは不本意な契約結婚なんだろうな」

「ふ、不本意だなんて……」

栞奈は口ごもって視線を落とした。

本当は憧れの人と結婚できるのだから、栞奈としては不本意どころか夢のような半年間だ。けれど、『結婚願望がない』と言っていた俊吾にとっては、不本意以外のなにものでもないだろう。

「栞奈は叶《かな》いっこないと夢を諦めていたが、俺としては、どうせなら少しでも栞奈に幸せだと感じてもらいたい。やっぱり……女性にとって結婚というのは大切なものだと思うから」

「お気遣いありがとうございます。でも、私は大丈夫ですから。覚悟はできています」

「覚悟？」

「はい。あの、半年後に別れるっていう……」

そう言ったとき、昨日、車の中で俊吾に『それなら半年とはいえ、俺の妻になる覚悟を見せてもらおうか』と言われて、頬にキスされたことを思い出した。

「そ、それに、もしまた俊吾さんの従妹さんに会うことがあったら、きちんと夫婦らしく振る舞うこともお約束します。でも……その……やっぱりああいうことをするのは……ちょっと……」

憧れの人にキスをされて嬉《うれ》しくないわけがない。けれど、愛し愛され好きな人と結婚するという夢は、今の状況では諦めているが、本当は唇へのキスも、それ以上のことも、好きな人と心が通じ合ってからしたいのだ。

俊吾は右手で前髪をくしゃりとかき上げた。

「あれは……悪かった。栞奈と一緒にいる今は、申し訳ないことをしたと心から思っている。あのときは栞奈を試してしまったんだ」

「私を試した？」

栞奈は思わず俊吾の顔を見た。彼の顔には後悔が色濃く浮かんでいる。

「今まで、俺がプロサッカー選手だとか副社長だとか、そういう理由で近づいてくる女性が何人もいた。そういう女性たちは……男性慣れしているというかなんというか……こちらが驚くぐらい積極的だった。だから、もし栞奈も同じように俺に迫ってきたら、契約結婚の話もただの口実で、本当はほかの女性たちと同じく、俺のステータス目当てなんだろうと思ったんだ」

だが、彼に試されていたのだと知っても、不思議と腹は立たなかった。あんなふうに栞奈の真意を試したくなるような経験を、彼は何度もしてきたのだろう。

「おまけにあの場に従妹がいたから、彼女を遠ざけるためにあんなことをした。本当にすまなかった」

俊吾が本心で謝っているのは、彼の表情を見てわかった。けれど、そんなふうに謝られて、栞奈は罪悪感を覚えた。先に彼を利用しようとしたのは栞奈の方なのだ。

「俊吾さんに謝られたら、私だって謝らなくちゃいけなくなります。私が先にあなたを利用しようとして、契約結婚の話を持ちかけたんですから」

「それはそうだが」

「お互い相手を利用する必要があって利用するんですから、もう謝るのはなしにしましょう」

俊吾は迷うように空を見たが、すぐに栞奈に視線を戻した。

「わかった。だが、お互い納得して利用するんだとしても、君の叔母さんや俺の従妹の前でぎこちない雰囲気だったら、偽装結婚だと気づかれてしまうかもしれない」

「それなら心配しないでください。夫婦らしく見えるよう、がんばります。多少イチャイチャするくらいなら、我慢して付き合いますから」

「我慢？」

俊吾が足を止め、栞奈もつられて立ち止まった。

「俺と付き合うのに〝我慢〟と言われたのは、初めてだ」

「えっ、あ、悪い意味の〝我慢〟じゃないですっ。いい意味の」

「意味がわからないな」

ふと俊吾が真顔になった。彼が一歩栞奈に近づき、栞奈はとっさに一歩後ずさった。

「栞奈」

俊吾がさらに一歩近づき、栞奈も一歩下がった。栞奈のパンプスのかかとが、芝生と歩道を隔てる縁石にぶつかり、栞奈はバランスを崩して後ろに倒れそうになる。

「きゃあっ」

俊吾が右手を伸ばして栞奈の左手首を摑《つか》み、ぐいっと彼の方に引き寄せた。

「あ、ありがとうございます」

土の上に尻餅をつかずにすんでホッとしたのも束の間、肩に彼の手が触れて、顔がカーッと熱くなる。

「副社長」

「俊吾だ」

「しゅ、俊吾さん」

俊吾がすっと目を細め、精悍《せいかん》な顔立ちに男性らしい色気がほのかに混じる。俊吾が目を伏せて顔を傾けながら近づけてくるので、栞奈は思わず顎を引いて目をギュッとつぶった。

直後、耳元でクスッと笑う声がした。

「そんなに緊張してたら、結婚間近の仲のいいカップルには見えないぞ」

驚いて目を開けたら、俊吾が片方の口角を上げてニヤッと笑った。

「す、すみません」

確かに今のように栞奈がガチガチになっていたら、友奈にも叔母にも本物の恋人同士だとは信じてもらえないだろう。

「慣れる必要があるな。またこうやって一緒に出かけてデートをしよう」

(俊吾さんとまたデートできる！)

今日のような日をもう一度過ごせるなんて……想像しただけで胸が躍る。けれど、栞奈は喜びを顔に出さないように、努めて冷静な声を出す。

「……わかりました。私が慣れるようにご協力をお願いいたします」

「堅い」

「なにがです？」

「そのしゃべり方がだ」

「……ダメ出しばかりしますね」

「実際、ダメだからな。駐車場でのプレゼンのときからひどかった」

あの噛《か》み噛《か》みで、本当に舌まで噛んだひどいプレゼンを引き合いに出され、ぐうの音も出ないとはまさにこのことだ。

「契約結婚を成功させるための第一ステップだ」

俊吾が言って、左手で栞奈の右手を取った。

「ひゃっ」

びっくりして声を上げてしまい、俊吾が呆《あき》れた声を出す。

「先が思いやられるな。我慢できてないじゃないか」

「だ、大丈夫ですっ」

「ふぅん。じゃあ、第二ステップに進むぞ」

俊吾の手が離れたかと思うと、今度は腰に回され、彼の方に引き寄せられた。服の上からとはいえ、彼に密着してしまい、栞奈は顔がのぼせそうになった。心臓なんてドキドキを通り越して、バクバクと大きな音で騒いでいる。

「あ、あのっ、やっぱり第一ステップまででおしまいにしてくださいっ」

「今日はってこと？」

栞奈は俊吾の顔を見た。彼は一見真顔だが、目にからかうような光が浮かんでいる。

「ずっとですっ」

「ずっと？　ずっとっていつまで？」

「半年間！」

「ふぅん」

俊吾が意味ありげな視線を向けた。

「昨日は駐車場で、とろけそうな顔をしてたのにな」

ついに口調にまでからかいが混じり、栞奈は真っ赤になって言い返す。

「あ、あれはっ、不意打ちだったからですっ！　今度あんなことをしたらレッドカードを出しますっ！　即退場ですっ」

栞奈が大きな声を出し、俊吾は胸の前で両手を小さく上げた。

「わかった、わかった。そこまで言うなら、栞奈が嫌がることはしない」

そう言ってから、不敵にニヤリと笑う。

「ただし、栞奈からお願いされたら別だが」

「そ、そんなこと、絶対にしませんっ！」

栞奈が赤い顔で睨《にら》んでも、俊吾は涼しげな表情だ。栞奈が怒っているのを楽しんでいるようにすら見える。とても冷徹副社長とは思えない。

（俊吾さんのどこが〝冷徹〟よ！　〝冷徹副社長〟なんてあだ名をつけたのはいったい誰よっ！）

そうやってぷりぷり怒りながらも、〝憧れ〟とイコールだった〝好き〟という気持ちに、別の感情が混じっていく。

選手時代、ピッチを駆ける彼は、誰よりも生き生きと輝いていた。トリッキーなドリブルで何人も敵を抜き、難しい角度でシュートを決めては笑顔を弾けさせた。そのときと同じ笑顔を、会社では見たことがない。

引退後、彼は変わったのだと思っていた。だけど、本当はサッカー選手だったときの情熱を、あの眼鏡やスーツの下に隠しているだけなのかもしれない……。

彼のそばにいて、もっと彼のことを知りたい、と思った。けれど、それは契約結婚には必要のない感情だ。これ以上深く彼のことを知って、憧れ以上に好きになってしまったら……別れるときに苦しいだけだ。

栞奈は大きく息を吸い込んで、ゆっくりと吐いた。

「早くアジサイを見に行きましょう」

栞奈は俊吾から目を逸らして歩き出した。俊吾が栞奈の手を握り直し、隣に並ぶ。

栞奈は湧き上がってくるドキドキを収めようと、慣れろ慣れろ、と心の中で念じながら、無言で歩いた。

やがて細く流れる川に行き当たり、川沿いの道を進む。緩やかな坂を上った先にアジサイ園が見えてきた。濃い紫や水色、ピンクなど、さまざまな色のアジサイが今を盛りと咲き誇っている。

「わぁ、きれい……」

栞奈は思わず声を上げた。辺り一帯にアジサイが咲いていて、ここが都会の真ん中にある植物園だということを忘れてしまう。

夢中で見ているうちに俊吾と手をつないでいる緊張も薄れて、栞奈は半ば彼の手を引っ張るようにしながら、アジサイ園の中をあちこち歩いた。

「アジサイ、好きなのか？」

俊吾に問われて、栞奈は辺りに目を走らせながら生返事をする。

「そうですね……」

両親と住んでいた家では、母がアジサイを育てていた。八重咲きの珍しいアジサイで、母はとても大切にしていた。同じ品種のものが植わっていないかと探したが、どうやらこの植物園にはないようだ。

両親の死後、祖母が叔母夫婦に勧められて、栞奈たちの学費を捻出するため、土地と家を売却した。だから、あのアジサイがどうなったのかは、もうわからない。土地を買った人が育ててくれていたら嬉しいが、もし更地にされていたら……母のアジサイを二度と見ることはできない。

突如、喪失感に襲われて、栞奈は唇を引き結んだ。

「どうした？」

右側から俊吾に顔を覗《のぞ》き込まれ、栞奈は慌てて笑顔を作る。

「なんでもないですっ」

「本当に？」

俊吾が顔を近づけるので、栞奈は彼から離れるように顎を引いた。

「……はい」

「そうか」

俊吾はぼそりと言って、栞奈の手を離した。かと思うと、その手を彼女の肩に回して抱き寄せる。

「な、なんですか？　第二ステップはなしのはずですが！」

またからかわれているのかと思って俊吾の方を見たら、予想外に優しい瞳とぶつかり、栞奈の胸がトクンと音を立てた。

「ステップは関係ない」

「じゃあ、なんで……」

「栞奈が悲しそうだったからだ」

栞奈の肩を抱いている俊吾の手に力が込もった。それ以上なにも言わず、ただ栞奈に寄り添ってくれている。

カチコチに緊張している体に、徐々に彼の温もりが伝わってくる。

栞奈はそっと彼の胸に頭をもたせかけた。耳にかすかにトクントクンと音が聞こえる。自分の鼓動なのかと思ったが、彼の胸に寄せた耳のそばで響いている。

(俊吾さん……)

こんなにも近くで、ただ寄り添ってくれているのが嬉しくて……彼に聞いてほしいと思った。

「実は……母が育てていたアジサイのことを思い出していました。両親と住んでいた家を売るときに、そのまま残してきたんです。ここにもない珍しいアジサイで……あの土地を買った人が育ててくれてたらいいのにって思ってたんです」

俊吾の手が栞奈の肩をそっと上下した。いたわるような仕草に目頭が熱くなる。このままでは泣いてしまいそうだ。

栞奈は顔を上げてわざと明るい声を出す。

「それはそうと、俊吾さんはなんの花が好きですか？」

大きな笑顔を作ったとき、俊吾が右手を伸ばして栞奈の頬に触れた。

「無理して笑わなくていい。今は笑いたい気分じゃないんだろ？」

その低く思いやりに満ちた声が胸にじぃんと染み込んできて、鼻の奥がつーんと痛んだ。

――泣いちゃダメ。私が泣いたらおばあちゃんが心配する。友奈が不安になる。だから、私はいつでもどんなときでも、元気に笑っていなくちゃいけない……。

栞奈は下唇を強く噛んだ。けれど、どんなに強く噛みしめても、目にじわじわと熱いものが浮かんでくる。

「きっと栞奈は、一人で全部背負ってきたんだろうな。頼れる人もいなくて……大変だったろう」

心の奥底にまで届くような優しい声で言われ、いたわるように背中を撫《な》でられて、今まで八年間、ずっと張り詰めていた気持ちがほどけていくように感じた。肩から力が抜けると同時に、目から涙が零れる。

栞奈は唇を噛みしめ、声を出さずに泣いた。その間、彼の手がずっと背中を優しく上下する。

こんなふうに誰かに抱きしめてもらったのは、いつ以来だろう。小さな頃、母に抱っこされ、父におんぶされた記憶がほんのりと蘇《よみがえ》ってきた。休日に祖父母の家を訪れたとき、新聞を読んでいる祖父のあぐらの上に座らせてもらった。お祭りでは祖母と手をつないだ。二歳年下の妹はお姉ちゃんっ子で、小さい頃はとくに栞奈のあとをついて来た。

家族と過ごした温かな思い出。

今、俊吾の胸に包まれて、そのときと似た温かさを感じた。けれど、そこにわずかな緊張、かすかな切なさ……そしてドキドキとした胸の鼓動が入り混じる。

栞奈は細く長く息を吐き出した。

いつの間にか涙は止まって、すっきりした気分だった。

「すみません」

栞奈はおずおずと顔を上げた。俊吾は人差し指でそっと栞奈の目元を拭った。

「謝る必要はない」

「第一ステップでお願いします。デートの続きに戻りましょう」

栞奈は俊吾から一歩離れて、右手を差し出した。

「俺は第二ステップのままでも構わないが」

「だったら、イエローカードを出します」

栞奈は顔をしかめてわざと小憎たらしい表情を作った。俊吾が頰を緩めて栞奈の髪をくしゃくしゃとかき乱す。その大きな手を、栞奈はとても頼もしく感じた。


それから、二人で広い植物園を見て回り、閉園時間の五時になって駐車場に戻った。車に乗ってシートベルトを締めながら、俊吾は栞奈を見る。

「これから一緒にディナーをどうだ？」

「あー……せっかくなんですけど……今日は妹に夕飯を作るって約束したんです。妹は今日も仕事なので」

「それなら仕方ないな。送っていこう」

「すみません」

「謝らなくていい。もともとランチだけの予定だったんだから」

俊吾がアクセルを踏み、車は駐車場を出て公道の流れに乗った。

「いつも栞奈が夕食を作っているのか？」

「いいえ、平日は当番制です。でも、土曜日はベーカリーが営業しているので、私が担当なんです」

「俺と結婚したらどうするつもりだ？　いくら契約上の結婚でも、今まで通り別々に暮らすわけにはいかないだろう」

「そうですよね……」

栞奈は膝の上に視線を落とした。

入籍して、叔母夫婦に戸籍抄本を見せれば、家を相続できるはずだ。けれど、無償でお役に立ちますと宣言して、俊吾にこの契約に応じてもらったのである。半年間とはいえ、今まで通りの生活を続けるのは、虫がよすぎる。

「あの……二週間ほど待ってもらえませんか？　実は妹は、私が家のために好きでもない人と結婚するんじゃないかって心配してて……今日俊吾さんと会う前に、妹に、好きな人に告白するつもりなんだって言っちゃったんです。だから、できれば、今日告白してうまくいったから、付き合って入籍するって流れを作りたいんです。そうすれば、妹も叔母も契約結婚だって気づかないと思いますから」

「確かにそうした方が自然に思えるな。かなりのスピード結婚ではあるが」

「俊吾さんのご家族にはいつお会いしましょうか？」

俊吾はハンドルを切りながら答える。

「俺は明日にでも両親に、結婚したい女性がいるって話しておく。二週間後の日曜日ぐらいに顔合わせのために食事をしよう。そのときに、先に籍を入れると伝えればいい」

「俊吾さんのお母さまとお父さまは……俊吾さんが半年で離婚したら、やっぱり驚きますよね？」

「俺の両親のことはあまり気にしなくていい。ゴシップ雑誌でいろんな女性と噂《うわさ》になったせいで、母なんか俺をろくでもないプレイボーイだと思っているくらいだ」

そうした噂については、ネットニュースでも話題になっていたから知っていた。そんな記事を目にするたびに、サッカー選手や野球選手は、やっぱりアナウンサーやタレントと結婚するのだろうか、と胸を痛くした記憶がある。

「だから、栞奈は安心していい。半年後に別れることになっても、周囲は、俺のせいで栞奈が愛想を尽かして離婚するんだと思うだろう」

栞奈が彼を見たら、その横顔がふっと歪《ゆが》んだ。栞奈にはそれが自嘲の笑みのように見えたが、確かめようがないくらいすぐに消えた。

「俊吾さんは、どうして結婚願望がないんですか？」

「月並みな言い方だが、結婚したいと思う女性に出会えなかったから、かな」

そういえば栞奈も、最初は彼にステータス目当てだと疑われたのだった。外見や地位目当ての女性に言い寄られてばかりだったから、彼は結婚に夢が持てなくなったのかもしれない。

俊吾がここまでイケメンじゃなかったら。Jリーグやスペインの一部リーグで活躍しなかったら。副社長ではなく平社員だったら。

そんな仮定のことを考えているうちに、大学生になってすぐに付き合い始めた男性のことを、ふと思い出した。ファーストキスの相手だ。

もし両親が生きていたら、彼とまだ付き合っていただろうか？

両親の葬儀のあと、栞奈が大学を休んでいる間、彼は最初の頃こそメッセージをくれたが、そのうちパタリと連絡が途絶えた。ようやく前に向かって歩き出そうと決意した栞奈が、『明日から学校に行く』とメッセージを送っても既読にならず、おかしいなと思った翌日、大学のキャンパスでほかの女子と手をつないで歩く彼の姿を見た。

どれだけ仮定の話をしても、現実は変わりっこないのだ。

祖母があんな遺言状を残さなかったら。叔母が『あんな小さくて古い家、さっさと売ってしまえばいいのよ。売却したら、代金の半分はうちにちょうだいね。栞奈ちゃんが結婚しないときは、叔母さんたちが売ってあげる。そのときも、お金をうちと栞奈ちゃんたちとで二等分しましょう』なんて言わなければ。

そんな仮定の話は、いくら思い悩んでも、変わらない。

栞奈は気を取り直して顔を上げ、フロントガラスの外を見た。

いつの間にか見覚えのある住宅街に入っていて、すぐにしあわせベーカリーが見えてきた。店のすぐ手前で、俊吾が車を停める。

「妹さんに挨拶していこう」

俊吾が運転席のドアを開けたので、栞奈は慌てて止めた。

「あのっ、ちょっと待ってください！」

俊吾が肩越しに栞奈を見た。

「どうした？」

「ええと、あの……」

友奈は、栞奈が部屋に俊吾のポスターを貼っていることを知っている。栞奈がずっと俊吾のファンだったことをバラされたら大変だ。結婚願望のない俊吾に重い女だと思われて、契約を破棄されたら困る。

けれど、栞奈がファンだったことを黙っていてほしいと友奈に頼むのは……友奈に不審がられる気がする。

うまい説明を思いつかず、栞奈はしどろもどろになる。

「きょ、今日は、その、友奈も仕事中だし、挨拶は今日じゃなくて……また後日……」

そう言ったとき、ベーカリーの自動ドアが開いて、顔見知りの女性客が出てくるのが見えた。続いて友奈が出てきて「ありがとうございました」とお辞儀をする。友奈は顔を上げて客を見送り、店内に戻ろうとして、この辺りでは見かけない高級外国車が停まっているのに気づいた。そうして不思議そうな顔をした妹と、栞奈はばっちり目が合ってしまった。

「あっ、お姉ちゃん！」

友奈が手を振るので、栞奈は仕方なく車から降りた。続いて俊吾が降りて、ドアを閉める。

「お姉ちゃん、お帰り～」

友奈は小走りで近づき、栞奈に囁《ささや》く。

「ね、送ってもらえたってことは、うまくいったの？」

「あ、うん。あの、実はね」

栞奈が紹介しようとするより早く、友奈は運転席側を見た。そうして俊吾を見た直後、目を丸くして大きな声を出す。

「ええーっ、ちょっと待って！　まさかお姉ちゃんのずっと好きだった人って……⁉」

栞奈は「しーっ」と人差し指を立てて口に当て、声を潜めて言う。

「そうなの、元プロサッカー選手で、今は私の会社の副社長を務めている連城俊吾さん」

「信じらんない……」

友奈は感動したような表情で、俊吾を見つめた。俊吾は友奈に近づき、礼儀正しくお辞儀をした。

「こんにちは。株式会社ＯＳＫイレブンの副社長、連城俊吾です。パン、おいしくいただきました。ありがとうございました」

「えっ、あっ、ええっ⁉　もしかして午前中に買い物に来たサングラスの人って……」

友奈が両手を口に当て、俊吾が小さく苦笑する。

「申し訳ない。あのときはお店の迷惑にならないよう、素性を隠していました」

「ええーっ、びっくりです〜。もう、お姉ちゃんってば、どうして言ってくれなかったの〜？　まさかお姉ちゃんが本気で連城俊吾さんを好きだったなんて。いくら長年のファンでもアイドルみたいな存在だし――」

心配していた通りのことになりかけて、栞奈は慌てて友奈の言葉を遮る。

「友奈！　おしゃべりしてないでお店に戻らないと！」

「うん、ちゃんとご挨拶したらね〜」

友奈は俊吾に丁寧に頭を下げる。

「石川栞奈の妹の友奈です。姉がいつもお世話になっております」

そうして顔を上げて、目を輝かせながら俊吾を見上げる。

「それにしてもびっくりです。まさか本物にお目にかかれるなんて。しかも姉の想いに応えてくださるなんて！　感激です、嬉しいです。お姉ちゃんってば本当に連城さんの大ファンで、部屋にポ――」

「友奈！」

栞奈は大きな声を出した。友奈が驚いたように栞奈を見る。

「なぁに、お姉ちゃん？」

「それは……ええと、言わないで！」

「え～、どうして？　まさか、お姉ちゃん、言ってないの？　お姉ちゃんがどれだけ連城さんのファンだったか知ってもらった方がいいのに」

栞奈は顔を赤くして言った。

「だからっ！　恥ずかしいから秘密にしてて！」

「そうなの？」

友奈は不満そうに唇を尖《とが》らせた。

「詳しいことは夜に話すから！」

栞奈は友奈の背中をグイグイと押した。

「ちょっと、お姉ちゃん」

友奈はくるりと向きを変えて、俊吾に向き直る。

「連城さん、どうぞ姉をよろしくお願いいたします」

友奈は深々と頭を下げた。同じように俊吾もお辞儀をする。

「こちらこそ」

「それでは、まだ仕事がありますので、今日はこれで失礼しますね」

友奈は言って、店内に戻っていった。自動ドアが閉まり、栞奈はふぅっと息を吐く。部屋に貼ったポスターの件をバラされずにすんで、ホッとした。

「妹さんには、栞奈が俺のファンだったって設定にしてあるのか？」

隣で俊吾の声がして、栞奈はあたふたしながら答える。

「そ、そう！　そうなんです！　ずっとファンで……ずっと好きだったから……遺言状を機に告白したって説明してたんです。その方が、信憑性《しんぴょうせい》が出るかな～って」

「なるほど。だが、栞奈はそれでいいとしても、俺はどう思われるだろうな？」

「え？」

栞奈は首を傾げて俊吾を見た。

「栞奈と知り合って数日で結婚してもいいと思った。どうしてそういう気持ちになったんだと思う？」

俊吾に問われて、栞奈は考え込む。

「うーん……そうですよねぇ……。私が女優のように美人だったり、ものすごい才女だったりしたら……周囲も納得してくれそうですけど……そうじゃないですもんねぇ」

栞奈はため息をついた。栞奈のような一般人が、俊吾のようなイケメン副社長に恋をするのは、ありえない話ではない。けれど、その逆は？　俊吾のような容姿で地位もある男性が、なぜ平凡な栞奈を選んだのか？　考えれば考えるほど、友奈や叔母を納得させられるような理由が思いつかない。

もう一度ため息をついたとき、俊吾の手が栞奈の顎に触れた。そうしてそのまま顎をすくい上げる。

「初めて頰にキスしたときの表情が忘れられなかったからだ」

「はい？」

細めた彼の目に、チラリと熱情のようなものが浮かんだ。

「上気した頬がとてもかわいかった」

俊吾に見つめられ、あのときのドキドキが胸に蘇り、栞奈は真っ赤になって後ずさった。

「な、なに言ってるんですかっ！　そんな理由じゃ、誰にも説明できませんよっ」

俊吾は手を下ろして、小さく息を吐く。

「あれで君が気になった。君のプレゼンが気に入った。一緒にいると飽きない。一緒にいると笑える。どれでも好きな理由を使うといい」

栞奈は頬を膨らませた。

一緒にいると笑えるだなんて……私はお笑い芸人か、とツッコミを入れたくなる。

「そんなの……どれも使えませんっ」

「そう思うのなら、君がみんなに納得してもらえると思う理由を考えればいい」

俊吾の声は不満げだ。栞奈だって、丸投げされて不満である。

「じゃあ！　素朴で家庭的なところが気に入ったってことでいいですよねっ」

「君がそれでいいと言うのならね」

俊吾は軽く肩をすくめて、運転席のドアハンドルに手をかけた。ドアを開けようとして
ふと手を止め、栞奈を見る。

「来週の日曜日、一緒にディナーに行こう」

「どうしてですか？」

栞奈の返事を聞いて、俊吾が苦笑する。

「どうしてって……栞奈と食事をしたいからだ。それに、栞奈に俺と一緒にいることに慣れてもらう必要がある」

そういえば、植物園でそう約束したんだった。彼に慣れるためにデートをするのも、この契約結婚の一部だ。

栞奈は頭の中で予定表を思い浮かべた。残念だが、日曜日はどうしても外せない用事が入っている。

「すみません、日曜日は予定がありまして……。金曜日の仕事のあとはどうですか?」

「金曜日は俺も予定がある。土曜日は難しいかな?」

「あらかじめ言っておけば、妹も大丈夫です」

「それじゃ、土曜日にレストランを予約しておく。苦手な食べ物はある?」

俊吾に訊《き》かれて、栞奈は首を横に振った。

「とくにないです」

「店選びは任せてもらって構わないかな?」

「はい」

「待ち合わせの時間はあとで連絡する」

「お願いします」

俊吾は一度頷《うなず》き、車に乗り込んだ。すぐに車がスタートし、遠ざかっていくテールランプを眺めながら、栞奈はほぅっと息を吐いた。落ち着かせようとしても落ち着かない鼓動に不安を覚える。

俊吾とは六ヵ月経てば別れるのだ。彼に恋なんてしちゃいけない。彼のことは憧れの人のままにしておかなければいけない。

だって、この結婚は契約結婚で偽装結婚なのだから……。

# 第四章　恋をせずにはいられません。

翌週水曜日の午後七時。栞奈はＯＳＫイレブンの自社ビルの十階にある第三研究室を出て、エレベーターホールに向かっていた。現在、企画しているプロジェクトは、お客さまの体型や行うスポーツに合わせて、オーダーメイドでウェアを製作するというもので、そのために開発された装置を試用してきたところだった。

下行きのエレベーターの扉が開き、栞奈は乗り込もうとして、中に俊吾がいるのに気づいた。チャコールグレーのスーツと白いシャツに、発色のきれいなボルドーのネクタイがおしゃれだ。手にはビジネスバッグとデパートの紙袋を持っている。

栞奈が配属されている企画部は五階だが、重役室はもっと上の階にある。十二階にオフィスがある俊吾とは、普段、仕事中に顔を合わせることはおろか、すれ違うこともめったにない。

栞奈は心拍数が跳ね上がり、ドキドキしながら小さく会釈をした。

「お疲れさまです」

「お疲れさま」

「お帰りですか?」

「ああ。君は?」

会社にいるからか、俊吾は事務的な口調だ。

「研究室から戻ってきたところです。これからデータをまとめるので、まだかかりそうです」

「そうか」

俊吾はつぶやくように言った。エレベーターが五階で止まったとき、俊吾が口を開く。

「チョコレートは好き?」

栞奈は首を傾げながら彼を見た。

「はい」

「よかった。土産だ」

俊吾は紙袋から細長い金色の箱を取り出した。ベルギー王室御用達の高級チョコレート店のパッケージである。

「昼に出先で買ったんだ」

「いただいていいんですか?」

「ああ」

栞奈は心の中で、やったーと声を上げた。チョコレートは大好きだ。しかも、これは自分ではなかなか買えない超高級店のチョコレートである。

「わーい、ありがとうございます！」

栞奈がチョコレートを受け取ったとき、「ドアが閉まります」と電子音声が流れた。慌てて開ボタンを押そうとしたら、同じように手を伸ばした俊吾と手が触れ合った。ドキッとして手を引っ込めた瞬間、ドアが閉まってエレベーターはがくんと動き出す。

「あっ」

「すまない」

「いいえ。大丈夫です」

そう言いながらも、俊吾と手が触れ合ったせいで、栞奈の心臓は大丈夫とは言えないくらいリズムを速めている。

結局一階まで一緒に下りて、栞奈は開ボタンを押した。

「お疲れさまでした」

栞奈がお辞儀をして顔を上げたとき、頭に俊吾の手がふわっと触れた。

「仕事、がんばって」

「はい！　ありがとうございます。副社長にもらったチョコレートパワーでがんばりまっす！」

栞奈が握り拳を作ってみせると、俊吾はふっと目元を緩め、軽く右手を上げてエレベーターを降りていった。その後ろ姿を見送り、栞奈は五階へと戻る。

（今日は俊吾さんに会えた！）

嬉しい気持ちのまま、チョコレートの箱をギュッと胸に抱いた。

その日の業務を終えたときには、午後八時を過ぎていた。社員証を読み取り機にかざして退社時刻を記録し、企画部を出る。エレベーターの中でバッグからスマホを取り出したとき、スマホの通知ライトが点滅していることに気づいた。見ると、二十分ほど前に俊吾から着信があった。

折り返し電話をかけようかと思ったが、彼が運転中だったらいけないと思って、メッセージを送る。

【お疲れさまです。チョコレート、ありがとうございました。すごくおいしかったです。ところで、お電話いただいたようですが、なにかご用でしたか？】

少し待ったが既読にならず、栞奈はスマホをバッグに戻して駅へと歩き出した。改札に着いたとき、電子音が鳴ってスマホがメッセージの受信を知らせた。俊吾からの返信だ。

【お疲れさま。とくに急用というわけではない。土曜日の予定を知らせたかっただけだ。フレンチレストランを六時に予約した。ホテルのラウンジで五時半に待ち合わせよう】

メッセージにはマップが添付されていて、タップしたら大阪駅前のラグジュアリーホテルのウェブサイトが表示された。行ったことのないホテルに行ったことのないレストラン。彼と一緒にいることに慣れるためのデートなのだとしても、ワクワクしてくる。

【わかりました。土曜日、楽しみにしていますね】

メッセージが既読になったのを確認して、スマホをバッグに戻し、改札を通った。

電車に揺られて三十分、駅を出て足取りも軽く家を目指していると、見覚えのある黒い外国車とすれ違った。俊吾が乗っているのと同じメーカーで同じ車種。サイドウィンドウがスモークガラスになっているのも同じだ。庶民的な住宅街で目にするのは珍しい。

けれど、さっきメッセージをやりとりしたとき、俊吾は栞奈に用事があるというようなことは言わなかった。そんな彼がわざわざ訪ねてくるとは思えない。俊吾のはずはないと思うのだが、なんとなく気になる。

友奈に確かめてみようと思いながら、栞奈は裏口にある玄関から中に入った。

「ただいまぁ」

階段を二階に上がると、友奈はキッチンにいた。今日の料理当番である妹は、すでに食事と自分の分の片づけを終えて、キッチンカウンターを拭いているところだった。

「あ、お姉ちゃん。お帰り」

友奈は手を止めて顔を上げた。栞奈はダイニングの椅子の上にバッグを置いて、友奈に近づく。

「今日、俊吾さん、来た？」

「えっ、なんでそう思うの？」

「さっき、俊吾さんの車を見かけたような気がしたから」

友奈は視線を落とし、再びカウンターの上を拭き始めた。

「ああ……うん、来てたよ」

「やっぱりあの車はそうだったんだ。この辺りでそう何台も見かける車じゃないしね。俊吾さん、パンを買いに来てくれた……んじゃないよね？　閉店時間はとっくに過ぎてるし」

「あ、うん。あ、挨拶に来てくれた。クッキーを持ってきてくれてたから、仕事のあとで友達と分けて食べた。おいしかった。お姉ちゃんの分はなくなっちゃった」

普段はのんびりとしゃべる友奈が、早口で言った。その様子がどうにも引っかかる。

「友奈、俊吾さんとなにを話したの？」

友奈の手がぴたっと止まった。

「ええと、なんていうか、当たり障りのないことを」

友奈の手がまたゆっくりと動き出した。さっきから同じところを何度も拭いている。

やっぱり変だ。

「そんなわけないよね。なにか言われたの？」

「な、なにも」

「なにもないようには見えない。友奈、変だよ」

栞奈の胸の中に、得体の知れない不安のようなものが広がっていく。

俊吾は栞奈が家にいないことを知っていたはずだ。そんな時間にわざわざ訪ねてくるなんて、あれは栞奈がいないときに友奈に会って、なにか言いたいこと、あるいは訊《き》きたいことがあったからなのでは……？

「ねえ、なにがあったのか教えてよ」

栞奈がもう一度訊くと、友奈はうつむいたまま、布巾をギュッと握った。そうしてしばらく下を向いていたが、やがてそろそろと顔を上げた。

「本当は……私が連城さんに連絡したんだ」

「え？　どういうこと？」

「ごめん、お姉ちゃん、怒らないで」

友奈は泣きそうな顔になった。

「怒るかどうかは、友奈がどうしてそんなことをしたのか、その理由による」

友奈は布巾を両手で握り、うつむいて小声で言う。

「先週の土曜日、連城さんに会ってから、よくよく考えたら、いろいろ疑問が湧いてきたんだ。だって、相手はあの連城俊吾さんだよ？　だから……お姉ちゃんのことを本当に好きなのか確かめたくなったの。それで、昨日、思い切って会社に電話をして……そうしたら、連城さんが今日、私に説明しに来てくれたんだ」

相手があの連城俊吾だから、栞奈を短期間で好きになるとはとても信じられない。友奈がそう感じたとしても、それは当然だ。けれど、俊吾はいったいなにを友奈に説明したのだろう？

（まさか……俊吾さんは契約結婚のことを友奈に話したの⁉）

「説明って……なにを？」

内心うろたえる栞奈の前で、友奈は布巾を両手でいじりながら答える。

「『栞奈さんと一緒にいると、自然と愛おしいという気持ちが湧き上がってきます。そんなふうに感じる女性に出会ったのは初めてなんです。あなたの大事なお姉さんを、大切にすることを約束します』って言ってくれた」

ゆっくりと顔を上げた友奈は、目を潤ませていた。

「お姉ちゃん、連城さんって本当にいい人だね。私が電話したことも、お姉ちゃんに黙っててくれるって言ってたし。お姉ちゃん、勝手に疑って連城さんに電話してごめんなさい」

友奈の言葉を聞いて、栞奈は胸がギューッと締めつけられるように感じた。俊吾が本気でそう思ってくれていたら、どんなに嬉しいか……。けれど、彼は契約結婚であることを秘密にしたいという栞奈との約束を守ってくれただけなのだ。

「うん……もういいよ」

栞奈はそれだけ言って、友奈に背中を向けた。

「バッグを置いてくる」

三階に上がり、自分の部屋に入ってドアを閉めたときには、切なくて苦しくて、涙が零れそうになっていた。


その二日後の金曜日の昼過ぎ。栞奈は受付に届いていた企画部宛の段ボール箱を持って、廊下を歩いていた。総務部の隣にある企画部に着き、肩でオフィスのドアを押して開けた。部長と課長を含めて総勢十二名が働く部屋で、二つに分かれたシマの右側、一番手前にあるのが栞奈のデスクだ。一番若いのは去年入社した男性社員だが、五人いる女性の中では栞奈が一番年下である。

「荷物、取ってきました～」

栞奈は自分のデスクの上に段ボール箱を置き、ガムテープを剝がして蓋を開けた。中身は、栞奈たち女性三人のチームが企画・デザインした女性向けフットサルウェアの試作品だ。

フットサルとはサッカーに似た競技だが、コートやボールがサッカーよりも小さく、一チーム五人で試合が行われる。ルールで接触プレーを厳しく取り締まるので、女性でも比較的参加しやすく、男女混合の〝ミックス〟で試合が行われることもある。それに、〝個サル〟といって、チームに所属していなくても、個人で気軽にフットサルに参加できるシステムがあり、競技人口も増えているのだ。かくいう栞奈も就職後、近くのサッカースクールで個サルの会員になり、スクールの時間外に開催される個サルにときどき参加している。

「わー、見てください、か～わいい！」

栞奈はプラクティスシャツの肩の部分を摑《つか》んで持ち上げた。スタイルがよく見えるよう、ややウエストを絞っている。色はかわいらしいピンク色で、脇の部分に紺色でラインを入れたスタイリッシュなデザインだ。

隣の席に座っていた三十代前半の女性社員・村井祥子《むらいしょうこ》が、デスクに肘をついて顎を支えながら、試作品をまじまじと見た。祥子は独身で、スポーツはするよりも観る派。いろいろなジャンルのスポーツを観戦し、次にブレイクしそうな若手男性プレイヤーの発掘を趣味にしている。

「うん、いいねー、これならおしゃれにフットサルできそう」

「お、試作品が届いたのか」

奥の課長席から、元高校球児で四十歳の藤原《ふじわら》課長に声をかけられ、栞奈は元気よく返事をする。

「はいっ。期待した以上に女性の心をくすぐりそうです。紺色のプラクティスパンツと合わせてもおしゃれですし、手持ちの黒や紺のジャージと合わせることもできるので、私なら絶対買いますね～」

「フットサルをやっている石川さんが言うんだから、期待できそうだね」

「明後日、個サルに参加して、着心地を確かめてきます。それから、周囲の女性参加者の反応も！」

「うん、頼むよ」

「お願いね～」

藤原課長に続いて祥子に言われ、栞奈はプラクティスシャツを胸に当てながら答える。

「任せてください！」

もともとストレス発散のために始めた個サルだったが、今では栞奈の仕事に欠かせないものになっている。

栞奈はワクワクしながら、プラクティスシャツをデスクに広げ、色違いの試作品を取り出した。ほかにラベンダー、ライトブルー、ミントグリーンのものもあるのだ。

「石川さんがいつも行ってる個サルってさー、男女混合で試合したりするんだよね？」

祥子が言った。

「はい」

「合コンとかやってるの？」

「私が行ってるところではやってないですけど、対戦相手を募集したりするネットの掲示板で、合コンやりませんかって書き込みがあったのを見たことがあります」

「えっ、それ、どこの掲示板⁉」

「村井さん、仕事中だよ～」

別の女性社員に笑いながら声をかけられ、祥子は小さく舌を出した。

栞奈は自分のデスクに視線を動かす。出来上がったばかりの試作品はピカピカで、自分が企画デザインに関わったものが形になるのは、やはり感動する。

（このウェア、男性用のも作って、お揃《そろ》いにするのもいいかもしれない。そうしたら、カップルで参加している人たちに喜ばれそう）

そんなことを考えながら、栞奈は試作品を丁寧に畳んで紙袋に入れた。企画部で一番若い女性社員である栞奈は、実際に着用してその着心地を評価するのも仕事になっている。そのため、明後日の日曜日は個サルに参加するという仕事絡みの予定が入っていたのだ。

その後、今週中に片づけなければいけない仕事を済ませて、栞奈は六時半に退社した。社員証を読み取り機にかざして退社時刻を記録し、企画部を出る。エレベーターで一階に下りて無人の受付デスクの横を通ったとき、待合スペースのソファに女性の姿があるのに気づいた。明るめの茶色のセミロングヘアで、胸元と袖がレースになったアイボリーのワンピースを着ている。うつむき加減でスマホを操作しているが、なんとなく見覚えがある。通り過ぎながら、誰だっただろうかと考えて、あっと気づいた。駐車場で俊吾に頬にキスされていたとき、フロントガラスの向こうにいた女性、つまりは俊吾の従妹だ！

（なんで従妹さんがこんなところに？）

自動ドアから外に出て、ガラス越しに女性の姿を見た。

彼女が待っていることを、俊吾は知っているのだろうか。

そのとき、トイレのある方向から受付担当の女性社員が現れ、自動ドアから出てきた。どこかへ出かけるのか、仕事中よりもメイクが濃くなっている。栞奈は彼女に近づいた。

「あ、石川さん、お疲れさまです」

女性が気づいて栞奈に声をかけた。

「お疲れさまです。あの、待合スペースに女性のお客さまがいましたけど……」

受付の女性は「ああ」と声を出した。

「副社長の従妹の連城里香子《りかこ》さんです。副社長とお約束をしているそうです」

「お一人でお待たせして大丈夫なんですか？」

「前にも何度か来られたことがあって、いつもあんなふうに待ってらっしゃるので、問題ないと思いますよ。それじゃ、失礼しますね」

女性は会釈をして歩き出した。

受付を通しているのなら、あの従妹の里香子という女性は、本当に俊吾と約束しているのだろう。

（そういえば、俊吾さんは金曜日は予定があるって言ってた……。従妹さんに結婚を迫られて困ってるって話だったのに）

受付の女性の話では、里香子はこれまでにも何度も来たことがあるという。会社で彼女と待ち合わせるなんて、彼はいったいどういうつもりなのだろうか。

栞奈は釈然としないまま、帰路についた。

翌日土曜日。朝九時に俊吾からメッセージが届いた。

【予定を変更して、三時半に家に迎えに行きたい】

【構いませんけど、レストランの予約時間を早めたんですか？】

【違う。少しドライブしたいだけだ】

慣れるために少し早めに会おうということなのだろうか？

栞奈は首を傾げながら【わかりました】と返信した。

今日は友奈はベーカリーで仕事中なので、栞奈は一人で昼食をとり、三階にある自分の部屋に上がって、早めに着替えた。選んだのは淡い水色のワンピースだ。上身頃にレースがあしらわれた上品なデザインで、友達の結婚式の二次会で着たものだ。それに合わせてメイクをして壁の時計を見ると、約束の時間までまだ二十分あった。

栞奈はベッドの上に座って膝を抱え、俊吾のポスターを見上げた。チームへの復帰記念に作られたもので、今から八年前のものだ。意志の強そうな瞳と、不敵な笑みを浮かべた口元が印象的で、見ているだけでドキドキしてくる。

切なくなってため息をついたとき、玄関でチャイムが鳴る音がした。部屋の窓を開けて覗《のぞ》くと、家の横に俊吾の車が停まっている。

栞奈はバッグを掴んで階段を駆け下りた。パンプスに足を入れて、玄関扉を開けたら、すぐ前に俊吾が立っていた。今日の彼はグレーのテーラードジャケットに淡いグレーのスリムパンツという濃淡を利かせたスタイルで、ネイビーのシャツが映えている。

（ん～、やっぱりかっこいい！　かっこよすぎる‼）

顔がニヤけそうになるのをどうにかこらえながら、栞奈は挨拶をする。

「こんにちは」

「急に予定を変更して悪かった」

「いいえ、大丈夫です」

「そのワンピース、よく似合ってる」

社交辞令かもしれないが、栞奈は素直に褒め言葉として受け取っておく。

「ありがとうございます。俊吾さんもステキです」

栞奈が家に鍵をかけ、俊吾が助手席のドアを開けてくれた。

「どうぞ」

「ありがとうございます」

俊吾が外から助手席のドアを閉めた。彼が運転席に乗り込み、車が走り出してから、栞奈は彼に話しかける。

「今日は……お天気もよくてドライブ日和ですね」

「ああ、晴れてよかった」

「どちらに行く予定ですか？」

「秘密って言ったらどうする？」

栞奈が運転席を見ると、彼は口元に小さく笑みを浮かべていた。

「えっ、そんなことを言ったら、すごく期待しちゃいますよ？　日本三景の夕焼けを見せてくれるのかなとか、百万ドルの夜景を見せてくれるのかなとか」

「それもいつか見せてやろう」

〝いつか〟という言葉が未来を予感させて、嬉しさを覚えると同時に切なくなった。その気持ちを押し隠して、自然に聞こえるような言葉を口にする。

「じゃあ、今日は夕焼けでも夜景でもないってことですよね」

栞奈は窓の外に視線を転じた。

今日のBGMはFMラジオだ。これから来る夏にぴったりの曲を特集していて、今は十年前のヒットソングがかかっている。栞奈がまだ高校生だった頃に流行った曲だ。

懐かしい気持ちになりながら聴いているうちに、車は高速道路に入った。行き先が表示された緑色の標識を見て、ひょっとして、という気持ちになる。三十分ほどして高速道路を下り、幹線道路を進むうちに、鼓動が速くなってきた。

「もしかして……」

栞奈のつぶやきを聞いて、俊吾が答える。

「目的地は、栞奈がご両親と住んでいた家があったところだ」

栞奈の胸がドクンと音を立てた。

「やっぱり。でも、いったいどうして……？」

「妹さんに教えてもらった」

栞奈はハッとして俊吾を見た。

「火曜日に妹が会社にお電話したそうで、すみませんでした」

俊吾はハンドルを握ったまま、栞奈に一瞬視線を投げた。

「妹さんに聞いたのか？」

「はい。ご迷惑をおかけしました」

「迷惑だとは思っていない。お姉さん思いの妹さんなら、心配になって当然だろう」

「妹に……うまく説明してくださってありがとうございました」

栞奈が礼を言ったとき、車がスピードを落とした。

「あそこのパーキングに駐車して、歩いていこう」

俊吾が言って、コインパーキングに駐めた。車を降りたとき、栞奈は自分の脚が震えているのに気づいた。

「大丈夫か？」

俊吾が栞奈の右手を取り、栞奈はすがるように彼の手を強く握る。

「どうして……歩いていくんですか？　もしアジサイがなかったら……」

まともに立っていられる気がしない。

俊吾が栞奈の手をギュッと握り返した。

「あったよ」

「え？」

「きれいに咲いていた」

俊吾の言葉を聞いた瞬間、栞奈は目頭が熱くなった。

「ホントですか？」

「ああ」

俊吾は栞奈の手を握ったまま歩きだした。栞奈はドキドキしながら彼に続く。昔ながらの閑静な住宅街で、見覚えのある家がいくつもあった。懐かしい通りを歩いた先に、比較的新しい三階建ての家が見えてきた。白い壁の洋風の家で、両親と住んでいた家の面影はまったくない。けれど、低い柵に囲われた庭に、深い緑の葉に映えて、優しいピンク色の花が手毬《てまり》のようにこんもりと咲いているのが見えた。

栞奈は小走りになって近づいた。柵に手をかけ、身を乗り出して顔を近づける。花びらの中心に近づくほど色が濃くなるグラデーションが美しい。母が大切に育てていたアジサイそのものだ。

「よかった……」

栞奈はほうっと息を吐いた。胸がいっぱいでただじっとアジサイを見つめる。

学校帰り、庭のアジサイの葉の上にカタツムリがいるのを見つけて、家の中に母と友奈を呼びに走ったことがあった。きれいに咲いたアジサイを母と一緒に切って、花瓶に飾ったこともあった……。

記憶の中の母の姿に目頭が熱くなったとき、突然ガチャッと音がして玄関のドアが開いた。栞奈はビクッとして柵から手を離す。

「こんにちは」

六十歳くらいの小柄で上品な雰囲気の女性が、栞奈たちに気づいて小さく会釈をした。

「こんにちは」

俊吾が挨拶を返し、栞奈も慌ててお辞儀をした。

「きれいなアジサイですね」

俊吾が声をかけ、女性が庭を歩いて近づいてくる。

「ありがとう。実は、以前ここに住んでた人が育てていたアジサイなのよ。息子夫婦が二世帯住宅を建てるために土地を買ってくれたんだけど、あんまりきれいだったから、庭とアジサイだけ残してもらったの。きれいでしょう？　なんて品種のアジサイなのかわからないんだけど」

女性は考えるように顎に手を当てた。

「……プリンセス・シャーロットって品種です」

栞奈の口からかすれた声が漏れた。それは母が栞奈に教えてくれた名前だった。

「まあ、そうなの？　かわいらしい名前ね。このアジサイにぴったり。まさにプリンセスのようだものね」

女性はにっこり笑ってから、思いついたようにパチッと両手を合わせた。

「そうだわ、もしよかったら、切り花にしますから、お持ちくださいな」

「えっ、いいんですか？」

「ええ、荷物にならなければ、なんだけど」

女性に問われて、栞奈は俊吾を見た。俊吾が頷《うなず》いたので、栞奈は女性に視線を戻す。

「あの、じゃあ、お言葉に甘えて……一本、いいでしょうか？」

「もちろんよ！　花の名前を教えてくれたんですもの。ちょっと待っててね」

　女性はドアから家の中に消えたが、すぐに花バサミと水を入れた細長い瓶を持って戻ってきた。そうしてアジサイの茎をパチンと切って、瓶に挿した。

「どうぞ」

　女性は柵越しに瓶を差し出した。

「ありがとうございます」

　栞奈は両手でそっと受け取った。可憐《かれん》な花がいくつも咲いていて、懐かしさに涙が出そうになる。

「嬉しいです。大切にします」

「またいつでも見にいらしてね」

「はい」

　栞奈はもう一度お礼を言った。隣で俊吾も同じように礼を言い、二人でパーキングに戻った。俊吾が助手席のドアを開けてくれて、栞奈はゆっくりと乗り込んだ。栞奈がシートベルトを締める間、俊吾がアジサイの瓶を持ってくれる。

「アジサイが咲いているのを知ってたってことは……俊吾さんは……ここまでわざわざ見に来てくださったんですよね？」

　俊吾はアジサイの瓶を渡しながら、照れたように微笑んだ。

「水曜日、妹さんに住所を教えてもらってすぐ見に来たんだ。もしアジサイがあったら、栞奈を連れてきてやろうと思ってね」

なんて優しい人なんだろう。冷徹副社長なんて絶対に嘘《うそ》だ。

胸に熱いものが込み上げてきて、もうどうしようもない。こんな人を好きにならずにいられるわけがない。

俊吾が運転席に座り、栞奈は恋心ダダ漏れの顔を見られないよう、アジサイに顔を寄せた。

「いったん栞奈の家に戻ってアジサイを置いてから、ディナーに行こう」

俊吾が言ってアクセルを踏んだ。高速道路に入って、来た道を戻る。家に着くと、栞奈は戸棚の中を探して大きな花瓶を引っ張り出し、水を入れてアジサイを挿した。それを仏壇の前に置いて座り、俊吾とかつての実家を訪ねたことを報告する。

（お母さん、お父さん、おばあちゃん、おじいちゃん。私、すごくステキな人を好きになりました……）

話したいことはたくさんあるけれど、それはあとで。

栞奈はパッと立ち上がって、大好きな人が待つ一階に急いで下りた。

# 第五章　とろけて落ちました。

　再び俊吾の車に乗って、今度はレストランがあるホテルに向かった。やがて目的地に到着し、栞奈は開けてもらったドアから下りて、俊吾が駐車係に車を預けた。

「ちょっと待っててくれ。チェックインしてくる」

　エントランスから中に入ったとき、俊吾がフロントの前で足を止めて言った。

「えっ」

（まさか、一緒に泊まるってこと⁉　そんなっ、初めてのHは好きな人としたいのに！　え、や、俊吾さんは好きな人だからいい……かな）

　でも、やっぱり両想いになってからの方が……などと一人で頬を赤くし、身もだえしそうになっていたら、俊吾が苦笑した。

「料理に合わせてアルコールを飲みたいから、ホテルに泊まるつもりにしていただけだ。もちろん栞奈のことは家までタクシーで送る。心配するな」

　それを聞いて、栞奈は自分の妄想が恥ずかしく、真っ赤になった。手をつなぐ以上のことはしないで、とお願いしたのは栞奈の方である。そして……俊吾はあくまであのときの約束を守るつもりなのだ。

彼の誠実さがわかって嬉《うれ》しく思う反面、ちょっぴり寂しくもなる。

そんな栞奈をよそに、俊吾はフロントでチェックインの手続きを済ませた。そうして栞奈を三十五階のレストランフロアへとエスコートしてくれる。

カーペットが敷かれた内廊下もエレベーターも落ち着いた高級感があり、スタッフも立ち居振る舞いが洗練されている。

（さすがはラグジュアリーホテル！）

ワクワクする栞奈と普段通り落ち着いている俊吾を乗せて、エレベーターは静かに上昇し、三十五階に到着した。フレンチレストランは右手にあり、白い壁と木目調の柱が優しい雰囲気の店構えだ。

俊吾に促されて、栞奈はドキドキしながら店内に足を踏み入れた。俊吾が受付で名乗り、白いシャツに黒のベストとスラックス姿の案内係が、窓際のテーブル席へと先導する。広々とした店内には三十ほどテーブル席があって、天井には柔らかな照明が灯っていた。

テーブルは夜景を楽しめるよう、窓に対して菱形《ひしがた》になるように配置されていて、案内係が椅子を引いてくれたので、栞奈は俊吾の左側の席に腰を下ろした。

誰かに椅子を引いてもらうなんて、初めての経験だ。今になってここが普段の自分には縁のない高級レストランなのだと気づき、栞奈は椅子の上で固くなった。

ほどなくしてメニューが運ばれてきた。

「こちらがお料理のメニューでございます」

メニューは豊富で、アラカルトもコース料理も用意されている。それぞれのメニューはフランス語と日本語で二段書きされていて、日本語を読めば、どんな料理なのかはだいたいわかる。けれど、数が多すぎて、どれを選べばいいのかわからない。

栞奈が迷っているのに気づいて、俊吾が声をかけた。

「せっかくだからコースで頼もうか」

「あ、はい」

栞奈はコース料理のメニューにさっと目を走らせた。〝合鴨《あいがも》のロースト〟や〝黒毛和牛のステーキ〟、〝オマール海老のシャンパン酒蒸し〟など、どれもおいしそうだ。とはいえ、値段はどれも目を剝いてしまいそうな額で、栞奈は困って俊吾を見た。

「今日は栞奈と初めてのディナーだから、特別な夜にしたい」

俊吾の静かな声が低く胸に響き、思わず本音が口をつく。

「私は……俊吾さんと一緒に過ごせたら、それだけで特別です」

栞奈の言葉を聞いて、俊吾はふっと笑みを零した。

「メインが〝仔牛《こうし》ロース肉のステーキ〟のコースはどうかな？　前菜に旬のカツオを出すなんて気が利いている」

俊吾の長い指が示すコースを見たら、ほかにもしゃれた料理が並んでいた。

「あ、ホントですね。おいしそう」

「決まりだな」

俊吾が料理の注文を終えると、今度はソムリエがワインリストを差し出した。

「こちらがワインリストになります」

俊吾は栞奈に視線を向けた。

「栞奈はワイン大丈夫？」

「はい」

「飲みたいのはある？」

栞奈はメニューを覗《のぞ》き込んだが、ほとんど知らないカタカナの名前が並んでいて、ため息をつきたくなった。

「お任せしていいですか？」

俊吾にお願いすると、彼は一度頷《うなず》いてソムリエを見た。

「軽めで、今日の料理に合いそうなものをお願いできるかな？」

俊吾の言葉を聞いて、ソムリエはリストの中程にある銘柄を手で示した。

「でしたら、こちらのワインはいかがでしょうか。渋みと酸味が控えめで、豊かな果実味が特徴の赤ワインです。飲みやすく、女性にもお勧めです」

「では、それを」

「かしこまりました」

ソムリエはワインリストを閉じて一礼し、テーブルを離れた。

「緊張してるな」

俊吾に言われて栞奈は笑みを作ったが、頬が引きつっている。俊吾は左手を伸ばして、栞奈が膝の上に置いていた右手をそっと握った。

「窓の外を見てみろ。とてもきれいだ」

栞奈は視線を窓に向けた。大きな窓から見える空は夜のとばりが下り始めていて、色を深める藍の空に、高層ビルやホテルの明かりが映えている。

「ホントにきれい……」

「会社のビルが見えるかもな」

栞奈は景色に目をこらした。夕方と夜の狭間の街は幻想的で美しいが、ＯＳＫイレブンの本社ビルは見えない。

栞奈は首を傾げた。

「どこですか？　見えませんよ」

「だろうな」

「えっ、『会社のビルが見えるかもな』って言ったじゃないですか」

栞奈は驚いて俊吾を見た。彼は涼しげな表情で言う。

「『かも』って言っただけだ。見えるとは断言していない」

「もう、なんでそんな意地悪言うんですか。真剣に探しちゃったのに」

茱奈は思わず頬を膨らませたが、そうしてから、緊張が和らいでいることに気づいた。

（もしかして俊吾さんは、私の緊張をほぐすためにわざと意地悪を言ったのかな……？）

そう思ったとき、ソムリエがワインボトルを運んできた。

「ワインをお持ちいたしました。こちらでよろしいでしょうか」

ソムリエが俊吾にラベルを見せて、俊吾が頷いた。

ソムリエはコルク栓を開けて、抜いたコルクのにおいを嗅ぐ。そして、ワインに問題がないことを確認して、俊吾のグラスに少し注いだ。

俊吾はゆっくりとグラスを持ち上げ、テイスティングをする。慣れた様子で、一連の動作がとても自然だ。

俊吾がソムリエに頷き、ソムリエは茱奈のグラスにもワインを注いでテーブルを離れた。

グラスの中のワインは淡いルビー色をしていて、グラスを持ち上げたら、ふわっと果実の香りが立った。そっと口に含むと、フレッシュな赤ワインの味が広がる。

「あ、おいしい」

フルーティで飲みやすいのに深い味わいがある。

「よかった。茱奈はよく飲むのか？」

「あんまり飲みません。会社の忘年会とか新年会くらいです」

「自宅でも飲まないの？」

「たまに妹と、夕食のときに缶のカクテルを飲むことはありますけど。俊吾さんはどうですか?」

「俺は飲みたいときは行きつけのバーに行く」

おしゃれなバーで、一人グラスを傾ける俊吾ほど、絵になる男性はいないだろう。その様子を想像してうっとりしそうになったとき、ウエイターが最初の一品を運んできた。

「前菜の〝カツオのマリネ・ラビゴットソース〟でございます」

目の前に白い四角い皿が置かれた。薄く切られたカツオを、小さく角切りされたトマトやキュウリ、セロリなどを使ったソースが彩っている。

(ラビゴットソースなんて初めて聞いた)

栞奈は小声で「いただきます」と言って、フォークとナイフを取り上げた。ソースはほんのりと酸味が利いたドレッシングのような味で、軽く炙《あぶ》ったカツオとも相性がいい。

「おいしい!」

栞奈は思わず笑顔になり、つられたように俊吾が微笑んだ。続いて運ばれてきたスープはキノコがふんだんに使われていて、食感も香りもいい。魚料理のメインは鯛《たい》を白ワインで蒸したもので、馴染《なじ》みのある食材が使われているせいか、栞奈は味わいながら、料理法をあれこれと考える。

「鯛を酒蒸しにすることはよくありますけど、白ワインで蒸すのもアリなんですね〜。使うアルコールによって、和食にもフレンチにもなっておもしろいですね」

「『レシピ本があればたいがいのものは作れる自信があります』ってアピールしてたな。

料理が得意なのか?」

「得意というより好きなんです。ほとんど私が料理当番だったから。それにどうせなら、家族においしいものを食べてもらいたいじゃないですか」

俊吾はナイフを動かしていた手を止めて、栞奈をまっすぐに見た。

「そうだな。栞奈はそういう女性だ」

「そういう……って?」

俊吾の視線を受けて、栞奈は自然と鼓動が高まるのを感じた。

「優しくて相手を思いやれる」

「そ……んなこと……ないです。ただ、毎日夢中で……」

「毎日を夢中に過ごせるのは、一生懸命だからにほかならない」

俊吾の低い声が胸にじんわりと染み込んで、栞奈は言葉に詰まった。

「今度、俺にもその鯛の酒蒸しを作ってくれるかな?」

「も、もちろんです。リクエストがあったらいつでも言ってください」

「栞奈と一緒に暮らすのが楽しみだな」

俊吾の言葉に、栞奈は頬がさっと熱くなるのを感じた。来週、彼の両親と顔合わせをして、入籍して彼と一緒に暮らすと約束した。便宜上の契約結婚だとわかっているのに、こんなふうに見つめながら言われたら、彼と本物の恋をしているのだと錯覚しそうになる。

ドキドキして、胸が苦しくて、次に〝仔牛ロース肉のステーキ・トリュフソース〟が運ばれてきたが、味がわからない。

「こういうソースも作れるのか？」

「ええと……」

俊吾に問われ、栞奈は気持ちを落ち着かせて料理を味わった。けれど、さすがにトリュフを使った繊細で上品なソースを作れる気はしない。

「グレイビーソースとかガーリックソースとかなら作れます」

「それじゃ、いずれリクエストさせてもらおう」

俊吾がにっこりと微笑んだ。穏やかで柔らかな笑み。テーブルの配置のおかげで、栞奈の視界には俊吾と外の夜景しか入らない。俊吾の笑顔を今、栞奈が独り占めしているのだと思うと、ただただ胸が熱くなる。

やがて、デザートの〝マンゴーのムースとフルーツのコンポート〟が運ばれてきた。生クリームの白とマンゴーのオレンジがかった黄色が、見た目にも爽やかだ。口に入れたら、さっぱりした甘さでおいしく、栞奈はほぅっと息を吐いた。

俊吾も料理を味わっているようで、静かで落ち着いた時間が流れた。

そうしてデザートを食べ終わり、栞奈は幸せな気分でコーヒーを飲んだ。お腹だけでなく心も満たされた夢のような時間。けれど、コーヒーを飲み終わったら、そんな時間も終わってしまう。

寂しさを覚えたとき、不意に名前を呼ばれた。

「栞奈」

栞奈はゆっくりと俊吾の方に顔を向けた。彼はジャケットの内ポケットに手を入れている。なにをしているのかと見ていたら、俊吾は紺色の小さな箱を取り出した。彼が蓋を開け、緩やかなラインを描くプラチナのリングが現れた。リングの中央では、大粒のダイヤモンドがキラキラと輝いている。

「えっ」

栞奈は驚いて指輪から俊吾へと視線を移した。彼は照れたように微笑む。

「栞奈、一緒に幸せになろう」

だって、私たちは半年間だけの契約結婚で。婚姻届を出すだけの関係で。だから、夢見たようなプロポーズなんてあるはずもなくて。

そんな言葉が頭の中に次々と浮かび、栞奈は右手で頬をギュッとつねった。けれど、ぜんぜん痛くない。

「やっぱり……夢？」

栞奈が呆然《ぼうぜん》としてつぶやくと、俊吾が苦笑した。

「夢だったら俺が困る」

俊吾は左手を伸ばして、頬をつねったままの栞奈の右手に触れた。そして栞奈の手をそっと握る。

栞奈はゆっくりと手を下ろした。俊吾の手が離れ、栞奈は彼の指が指輪を取り出すのをぼんやりと見る。

「返事は？」

俊吾の声が少しかすれているように聞こえて、栞奈は彼の顔を見た。俊吾は淡く微笑みながら栞奈を見ている。

「あ、え」

契約結婚を持ちかけたのは栞奈の方だから、答えなんて決まっている。でも、憧れていたシチュエーションで、最初から諦めていた指輪まで用意されていて……本当にプロポーズされているようで、嬉しくてたまらなく胸が震えた。

「は、はい。私も俊吾さんと一緒に幸せになりたいです」

栞奈は両手を膝に置いて、「よろしくお願いします」と小さく頭を下げた。

「栞奈」

俊吾が左手を差し出し、栞奈は彼の大きな手のひらに自分の左手を預けた。薬指にエンゲージリングをはめられ、そのひんやりとした感触に目頭がじわりと熱くなる。

「すごく……嬉しいです」

「よかった」

俊吾が小さく息を吐き出した。栞奈は泣き出しそうになるのをどうにかこらえて、左手を持ち上げた。存在感のある大きなダイヤモンドが、窓の外のどんな明かりよりもきらめいている。本当に夢のようだ。

「そろそろ出ようか。送っていく」

「あ、はい」

俊吾がテーブルで会計を済ませ、二人でレストランを出た。俊吾がそっと栞奈の右手を取り、指先が絡められる。今までとは違う恋人つなぎに、どうしようもなく想いが高まって、栞奈は左手で俊吾のジャケットの袖をキュッと摑《つか》んだ。

「俊吾さん……私……」

帰りたくない、と思った。まだ彼のそばにいたい。

俊吾が小さく首を傾げて栞奈を見た。栞奈は彼を見上げて、伝えられない想いを視線にのせる。

(好きです。俊吾さんが私を好きじゃなくても、私は俊吾さんのことが大好きです)

栞奈の潤んだ瞳と視線がぶつかり、俊吾の目に小さくなにかが灯る。

「そんな目で見られたら……帰せなくなる」

物欲しそうに見られてもいい。彼の心が欲しいのは事実だから。

「帰りたく……ないです」

俊吾のジャケットを摑む手が震えた。俊吾が右手を伸ばして栞奈の頬に触れたとき、エレベーターの扉が開いた。

「もう……帰さないからな」

俊吾にまっすぐ目を覗き込まれ、その強い眼差しに、栞奈はゴクリと小さく喉を鳴らす。

「は、い」

俊吾が栞奈の手を引き、二人でエレベーターに乗った。扉が閉まって、俊吾の指先が三十階のボタンを押す。

エレベーターが動き出し、栞奈は心臓がドキンドキンと大きく打つのを感じた。

二十七歳で初めてなんて、やっぱりダメな気がする。

俊吾さんに幻滅されたらどうしよう。

契約破棄されないよう、婚姻届を出すまで待った方がいいんじゃ？

そんな考えが頭の中を巡り、今さらながら怖じ気づく。三十階でエレベーターを降りたものの、数歩も歩かないうちに足がすくんだ。俊吾が立ち止まって、栞奈を見る。

「どうした？」

「あのっ」

誘ったのは自分なのに、なんて言えばいいのか。

栞奈はとっさに思いついた言葉を口にする。

「や、やっぱりシングルの部屋に二人で泊まるのはよくないと思いますのでっ」

栞奈はじりっと後ずさった。俊吾の手が腰に回され、彼の方にぐいっと引き寄せられる。

「心配ない。ゆっくり過ごしたいから、このホテルではいつもスイートに泊まるんだ」

「えっ」

俊吾が右手の人差し指で栞奈の唇をそっとなぞった。そんなかすかな感触なのに、腰の辺りに淡い痺《しび》れが走り、栞奈は理性を総動員して口を動かす。

「でも、私っ……俊吾さんに……満足してもらえるかどうか……」

俊吾が栞奈の顎をつまんだ。栞奈を見つめる彼の瞳に、はっきりと欲情が宿っている。

「俺が自分だけ満足すればいいと思うような独りよがりの男だとでも？」

「ち、違います。そうじゃなくて、問題は私、なんです」

「なにが問題なんだ？」

「私……実は、初めて……なので……」

栞奈は消え入りそうな声で答えた。

「俺を見くびるなよ」

それ以上の反論を封じるように、栞奈の唇に彼の唇が重なった。味わうようにゆっくりと舌で唇をなぞられ、そこから彼の熱が栞奈の全身に伝わっていく。

「もう帰さない、と言った」

耳元で俊吾が囁《ささや》いた。

彼に求められて、拒めるはずがない。

栞奈は俊吾の腕をキュッと握った。俊吾が歩き出し、栞奈も続く。二つ先の部屋の前で、彼はポケットからカードキーを出し、部屋のドアを開けた。

頭上で玄関の小さなシャンデリアが灯り、その明かりの下で俊吾に抱きしめられた。

「栞奈」

再び唇が重ねられ、啄《ついば》むような優しいキスを繰り返される。栞奈が息を継ごうと唇を開いたら、その隙間から彼の温かな舌が滑り込んだ。

「んっ……」

驚いて反らしそうになる背を彼の方にぐっと引き寄せられた。歯列をなぞられ、舌が絡められ……キスだけで溺れそうになる。

濃密なキスに必死で応えているうちに、背中と膝裏に彼の手が回され、ふわりと横向きに抱き上げられた。

「あっ」

驚いて目を開けたら、すぐ前で俊吾が栞奈を甘く見つめていた。その表情がたまらなく艶めいていて、栞奈はドキドキしながら彼を見つめ返す。

俊吾は栞奈を抱いたままリビングダイニングを抜けて、ベッドルームへと運んだ。栞奈は大きなベッドの縁に座らされ、隣に俊吾が座ってベッドが小さく弾む。

「栞奈」

俊吾が栞奈を抱き寄せ、左手でセミロングの髪をかき上げた。そうして背中のファスナーをゆっくりと下ろす。ワンピースの生地が肩を滑り落ち、栞奈は心許なくなって両手で体の前を隠した。

俊吾の手が肩に掛かり、キャミソールの肩紐《かたひも》がずらされる。恥ずかしくて手にギュッと力が入ったとき、再び唇にキスが落とされた。唇を何度も食まれ、手から力が抜けていく。彼の唇が頬へ、耳たぶへと移動したかと思うと、ワンピースの生地が手から抜き取られた。直後、首筋に口づけられ、体がビクンと震える。

「ひゃんっ」

思わず大きな声を出してしまい、右手を口元に押し当てた。けれど、その手を掴まれ、キャミソールの肩紐が腰の辺りに落とされて、上半身、ブラジャーだけになる。

俊吾の右手が栞奈の後頭部に回され、ゆっくりとベッドに押し倒された。

背中のホックがぷつりと外され、隠そうとした両手をシーツに押しつけられる。

「わ、私だけ……なんて、恥ずかしいです」

俊吾が目を細めて栞奈を見下ろした。

「その表情だ」

「え……？」

「初めて栞奈にキスしたときも、そんな顔をしていた。頬にキスしただけなのに、たまらなく俺をそそるんだ」

俊吾はジャケットを脱ぎ捨て、襟元に指を入れてネクタイをするりと解いた。彼がシャツのボタンを外すのを見て、栞奈は小さく息をのむ。がっしりした肩、厚い胸板、引き締まった腹筋は、ギリシャ彫刻のよう、と形容したくなる。ユニフォームやスーツの上からではわからなかったが、きっと逞《たくま》しいんだろうとは思っていた。それが、美しいと感じてしまうほどだとは。

（本当にこんな人が私なんかにそそられるの……？）

俊吾がシャツを脱ぎ捨て、栞奈は引き寄せられるように右手を伸ばして、ほどよく盛り上がった彼の胸筋に触れた。俊吾がクスリと笑って、栞奈の右手を握る。

「俺を誘っているのか？」

俊吾が栞奈の手のひらに口づけ、栞奈は顔にカーッと血が上った。

「や、そんな、つもりは……っ」

俊吾の舌が栞奈の手のひらを這《は》い、指を舐《な》め上げ、指先を口に含んだ。くすぐったいのに、腰の辺りがゾクゾクとする。俊吾にチラリと視線を投げられ、その仕草があまりにセクシーで、栞奈は喘《あえ》ぐように息をした。

「しゅ、んご、さん……」

「栞奈はかわいいな」

俊吾は囁き、栞奈の手首から二の腕へと啄むように口づけていく。ブラジャーを剝ぎ取られ、胸の膨らみに彼の唇が押し当てられた。柔らかな肌を温かく湿った舌が這い、先端《とが》の周囲を舌先で愛撫するように舐められ、お腹の奥がムズムズとする。赤く色づいた尖りを口に含まれた瞬間、ビクンと腰が跳ねた。

「あぁんっ」

そのまま強く吸い上げられ、舌で嬲《なぶ》られ、甘噛《あまが》みされて、体温とともに息が上がっていく。

「や、あ……はぁ……」

彼の手がウエストから腰を丁寧に撫で、腰にまとわりついていたワンピースとキャミソールを脱がせた。そうして閉じていた脚の間に手を滑り込ませる。片方の膝で栞奈の膝を割り、ゆっくりと肌を撫で上げ、ショーツの上から脚のつけ根に触れた。

「あ、俊吾、さん」

思わず脚を閉じそうになり、栞奈の耳元に俊吾が唇を寄せた。

「力を抜いて」

「で、でも」

自分でも触れたことがない場所を、俊吾の指先になぞられ、どうしても体に力が入る。

「緊張するなと言う方が無理があるか」

俊吾はつぶやくように言って上体を起こした。栞奈は慌てて彼の腕を摑む。

「ご、ごめんなさい」

「謝ることじゃない」

俊吾は栞奈の髪を優しく撫で、唇にチュッとキスを落とした。それから栞奈の腰を浮かせてショーツを剝ぎ取る。なにをされるのかと栞奈が視線を向けたら、俊吾は栞奈の両膝を立てて、その間に体を割り込ませた。

「しゅ、俊吾さん⁉」

栞奈が羞恥心から閉じようとした脚を開かせ、俊吾はその中心に顔を近づけた。

「な、にを……っ」

栞奈はとっさに俊吾の肩を押したが、逞しい彼の体はビクともしない。割れ目に彼の吐いた息がかかったかと思うと、彼がそこに口づけた。

「えっ、嘘《うそ》、ダメです、そんなとこ……」

栞奈は俊吾の肩をぐいぐいと押したが、彼は構うことなくゆっくりと舌を這わせる。

「あ、んっ」

彼の舌が触れたところがじんわりと熱くなって、栞奈は反射的に腰を引こうとした。けれど、俊吾は栞奈の腰に腕を回して、彼女を引き寄せる。

「ああっ！」

彼の舌が秘裂を舐め上げ、花弁を開いた。むき出しになった花芽を舌先で優しくなぞられ、弾かれ、転がされるうちに、じわじわとなにかが込み上げてくる。その未知の感覚が怖くて、栞奈は首を小さく横に振った。

「や……」

「よくないのか？」

花芯に唇を触れさせたまま彼がしゃべるので、栞奈は腰が砕けそうになった。甘く痺れるような感覚に、それが快感なのだと気づく。

「ひあぁ……っ」

「栞奈？」

桀奈は手を伸ばして俊吾の髪に触れた。

「……き……気持ち……いい、です。でも」

「でも？」

「……へ、変な声を出しちゃいそうで……恥ずかしいです」

「恥ずかしがらなくていい。かわいいから、むしろもっと聞かせてほしいくらいだ」

俊吾は笑みを含んだ声で言って、ぷっくり膨らんだ花芯に吸いついた。

「あ、やあぁっ」

激しい刺激に桀奈の太ももがビクッと震えた。体の奥でなにかが生まれ、熱となってとろりと溢《あふ》れ出す。彼の舌がそれを舐め取ったかと思うと、ぬるりと蜜口に侵入した。

「あ、俊吾さっ……あっ、んんっ」

舌で中をねっとりと撫で回され、じわじわと快感が高まるにつれて、羞恥心が薄れていく。波のように押し寄せてくるその感覚に、身を委ねたくなる。

「どうしよ、あぁっ、すごく……」

「気持ちいい？」

俊吾に熱のこもった声で問われ、桀奈は小さく頷いた。直後、溢れ出る蜜を音を立てて吸い取られる。

「あぁっ！」

あまりの刺激に意識が飛びそうになったとき、蜜をまとわせた指先が割れ目に押し当てられ、つぷりと差し込まれた。

「やあっ……あんっ」

舌よりも存在感のある指先が浅いところをゆっくりと撫でさする。柔らかくほぐすような動きで襞《ひだ》をこすられ、入り口がヒクヒクと震えた。体の中心を甘く刺激されながら、花芯を舐めしゃぶられ、栞奈は淫らな刺激に身をよじらせた。お腹の奥底から熱が高まり、悲鳴のような嬌声《きょうせい》を上げる。

「あっ、や……待っ、あ、あぁっ！」

体が勝手に震えて止まらず、シーツを握りしめて耐えようとした。けれど、俊吾は栞奈の腰を摑んだまま、舌先で充血した粒を嬲り、栞奈を高みへと押し上げていく。

「あ、ダメ、あ、あぁー……っ！」

快感が、俊吾に触れられていたところから全身に弾けた。つま先まで力が入り、栞奈は上体を仰け反らせる。

「は……」

あまりの刺激に刹那、息が詰まり、栞奈は大きく息を吸い込んだ。胸を荒く上下させるうちに、嵐のようだった快感がゆるゆると温かな感情になって胸を満たす。

「俊吾さん、す……」

好きです、と言いかけ、栞奈は我に返って口をつぐんだ。視界が潤んでいて、見上げた俊吾がぼんやりと滲《にじ》んで見える。

栞奈と目が合って、彼は柔らかく微笑んだ。

「かわいくてきれいだなんて、ずるいな」

俊吾は栞奈の髪を優しく撫でて髪にキスを落とした。

「そんなこと……言われたことないです」

「ほかの男には言わせるな」

俊吾は少し怒ったような口調で言って、着ていたものを脱ぎ捨てた。どういう意味かと栞奈が考えているうちに、彼の熱を帯びた逞しい肌が重ねられた。俊吾が栞奈の膝裏を持ち上げ、蜜をたたえた割れ目に欲望の塊を押し当てる。

「いい？」

俊吾の声に栞奈が頷くと、まつげを伏せた彼の顔が迫ってきて、唇にキスが落とされた。直後、先端が沈められ、下腹部を押し広げられる感覚に、栞奈は反射的に彼の肩をギュッと摑んだ。けれど、ゆっくり侵入してきたそれは、浅いところをゆるゆると上下に動く。

「栞奈」

俊吾の舌が栞奈の唇をなぞり、口内へと侵入した。栞奈が舌を彼の舌に絡ませたとき、俊吾が栞奈の体をしっかり抱いて腰を進める。

「ん、んう……」

圧迫感が徐々に強くなったかと思うと、突然、引き裂かれるような痛みに襲われた。

「あぁっ」

「痛い、か」

俊吾は動きを止めて気遣うように言った。下腹部の重量感に息が詰まりそうだが、栞奈は彼に面倒をかけさせたくない一心で、喘ぐように言う。

「ご、ごめんなさ……大丈夫、です」

「謝ることじゃない、と言った」

栞奈がチラリと視線を向けると、俊吾は耐えるように表情を歪《ゆが》めていた。

「そ、そうですけど、でも……」

彼にそんな顔をさせるくらいなら、自分が我慢すればいい。

そう思う栞奈に、俊吾は淡く微笑む。

「栞奈がよくなければ、俺だってよくないんだから」

俊吾は再び栞奈の唇に口づけた。そうしながら、栞奈の素肌を丁寧に撫でる。彼の手が胸の膨らみをなぞり、指先で先端を刺激されるうちに、彼とつながっている部分がゾクゾクとしてきた。痛いよりも気持ちよく感じて、栞奈は彼の首にそっと両手を回す。

「俊吾さん、もう……大丈夫です」

そう囁いた直後、圧迫感が強くなったかと思うと、奥までずんと貫かれ、背筋を電流のような刺激が駆け上がった。

「あ、あぁぁっ」

彼が腰を引いて、圧迫感が緩んだのも束の間、すぐさま突き上げられて、甘い悲鳴が漏れる。

「ひあっ……あっ」

次第に抽挿が激しくなり、中を何度もこすり上げられて、痺れるような快感が高まっていく。

「あっ、ああっ……俊吾さっ……どうしよ……」

俊吾に激しく体を揺さぶられ、快感に溺れそうで、栞奈は必死で彼にしがみついた。

「はあっ、また……私だけ……なんて……やですっ」

「大丈夫、今度は一緒だ」

重なった俊吾の肌が熱い。突き上げが激しくなり、迫り来る絶頂感に意識が飛びそうになる。

「あっ、や……あ、あぁ――……ッ！」

仰け反りそうになる体を俊吾に強くかき抱かれる。彼の胸の中で達すると同時に、栞奈の最奥で彼が弾けるのを感じた。

「栞奈」

# 第六章　本気になったことは秘密です。

髪を優しく撫《な》でられる感じがして、栞奈はふと目を覚ました。まだ眠くて視界がぼんやりしていて、瞬きを繰り返す。

「おはよう」

唇にチュッとキスが落とされて、栞奈は一瞬で覚醒した。

「お、おはようございますっ」

すっかり覚めた目の前で、俊吾が微笑んでいる。彼に腕枕された状態で目覚めるなんて、なんて幸せな朝だろう。

けれど、視線を下げた瞬間、顔が真っ赤になった。当然のことながら、自分も彼も一糸まとわぬ姿だ。

栞奈が薄手のブランケットにごそごそと潜り込み、俊吾はかすかに眉を寄せた。

「なにをやってる？」

「や、ちょっと……恥ずかしくて……」

今さらかもしれないが、恥ずかしさに勝てずに目の下までブランケットを引き上げたら、俊吾がふっと笑みを零《こぼ》した。

「そういうかわいいことをされると、俺が煽《あお》られるってわかってるのか？」

「えっ」

次の瞬間、俊吾が栞奈に覆い被さり、ブランケットがベッドからふわりと落ちた。両手をシーツに縫いつけられ、視線を上げると俊吾が熱情のこもった眼差しで見下ろしている。唇に口づけられて優しいキスにうっとりしたのも束の間、徐々にキスが甘く深くなっていった。昨日の快感を思い出したように、体の奥がくすぶり始める。

唇に、頬に、首筋にキスが落とされ、焦らすかのような淡い刺激に体が疼《うず》いて、栞奈はそっと目を開けた。栞奈の胸に口づけていた俊吾と目が合い、色気のある眼差しに上目で見られて、心臓を射貫かれる。

「俊吾さん……」

栞奈はもどかしげなため息混じりの声を零す。

「どうした？」

「……です」

恥ずかしくて言葉にならない。目を潤ませる栞奈を見て、俊吾は片方の口角を上げて笑った。

「教えてくれないとわからないな」

俊吾の指先がうなじをなぞり、栞奈の背筋を電流が駆け上がる。

「……んっ」

「栞奈はどうしてほしい？」

俊吾の唇が、耳たぶに触れそうで触れない位置で囁《ささや》いた。その低く甘い声が耳から伝わって、頭の中がとろけてしまいそうだ。

「いっぱい……キスしてほしい、です」

「キスだけでいいのか？」

「……意地悪」

俊吾がクスリと笑った。敏感になった肌には彼の吐息さえ刺激的だ。

「どうしてほしいかちゃんと教えて」

腰の下に彼が手を差し込み、ぐっと持ち上げられた。彼の体温に触れて、思わず「もっと」と声が漏れる。

「俊吾さんに……もっと触ってほしいです」

思い切って伝えた言葉に、顔から火が出そうになる。

俊吾がすっと目を細めた。男っぽい色気、とでもいうのだろうか。ゾクッとするほど艶めいた表情だ。

「未来の奥さんの仰せのままに」

俊吾は栞奈をギュウッと抱き寄せる。

「正直、栞奈がかわいすぎて、焦らすのも限界だったんだ」

耳元で囁く彼の声に甘さが混じっていて、栞奈は幸せな気分で彼の背中に両手を回した。

そうして体の隅々まで満たされる濃密な時間を過ごし、ルームサービスで朝食を食べたあと、俊吾が栞奈を家まで車で送ってくれた。

昨夜、シャワーを浴びたあと、友奈には家に帰らないとメッセージを送っていたが、俊吾と一夜を過ごしたのだとバレバレなのが恥ずかしい。

栞奈は足音を忍ばせながら階段を上がった。踊り場に着いたとき、友奈が二階からひょこっと顔を出す。

「お姉ちゃん、お帰り～」

「うわあぁ！」

栞奈が驚いて声を上げ、友奈はクスクスと笑った。

「高校生じゃないんだから、朝帰りしたくらいで、そんなにコソコソしなくてもいいのに」

栞奈は顔を赤くしながら、二階に上がった。友奈は和室でテレビを見ながら紅茶を飲んでいたようで、コタツ机の上にマグカップが置いてあった。仏壇のアジサイはまだ元気だ。

「お姉ちゃん、紅茶飲む？」

「あ、うん、自分で淹《い》れる」

栞奈はバッグをダイニングの椅子に置いてキッチンに行き、食器棚からマグカップを出した。ティーバッグを入れてポットのお湯を注ぎながら、座布団に座った友奈に話しかける。

「昨日、前に住んでた家に行ってきたんだ」

「うん」

友奈はテレビを見たまま返事をした。

「お母さんのアジサイ、咲いてたよ。今住んでいる人が出てきて、アジサイを一本くれたの」

「あのアジサイ？」

友奈が仏壇に視線を向けた。栞奈はマグカップを持って友奈の隣に座る。

「そうだよ。友奈に住所を教えてもらったって、俊吾さんが言ってた」

「水曜日に来てくれたときに訊《き》かれたんだ。アジサイが咲いてたらお姉ちゃんに見せたいんだって言ってた。アジサイ、咲いててよかったね。連城さんって本当にいい人だ。絶対お姉ちゃんを大切にしてくれるね」

友奈の言葉を聞いて、栞奈の顔が嬉《うれ》しくて緩む。けれど、仏壇の祖母の写真を見た瞬間、ハッとした。

（そうだった。俊吾さんとの関係は……おばあちゃんの遺言状の条件を満たすための契約上のものだった……）

そのことを思い出して、栞奈の胸にズキンと痛みが走った。

「わ、それ、もしかしてエンゲージリング？」

友奈は弾んだ声を出して、栞奈の左手を指差した。

「……うん、昨日もらったの」

「見せて見せて！」

栞奈は左手を友奈に向けた。友奈は栞奈の左手を取って、まじまじと指輪を見る。

「うわー、きれ～い。石も大きいね！　何カラットあるんだろう。いいなー、すごーい」

羨ましそうな声を上げる妹の隣で、栞奈はふと思った。

（これって、離婚するときに返さなくちゃいけないのかな？）

きっとそうだろう。こんなに高価そうな指輪を、ただの契約上の結婚相手にくれるはずがない。

彼に返すときのことを考えると悲しくなって、栞奈はさっと立ち上がった。

「なくしたらいけないから、しまっておくね」

「えー、せっかくだからつけとけばいいのに～」

「洗い物とか掃除をするときに指輪が汚れたら嫌だし」

「それもそうか。それにそんなに大きな石だと、服の繊維とかにも引っかかりそうだもんね」

友奈が笑って言った。栞奈はバッグを持って、自分の部屋に上がり、指輪をケースに入れてデスクの引き出しにしまった。

胸のズキズキは今までになく痛い。

彼を本気で好きになってしまったことは、俊吾に秘密にしておかなければいけない。叔母夫婦に栞奈がこの家を相続することを、なんとしても認めてもらわなければならないのだ。

俊吾には半年間の約束で籍を入れてもらうだけなのに、今の栞奈は永遠を願ってしまっている。

（こんな気持ち、俊吾さんに絶対に悟られちゃいけない）

彼は栞奈がお願いした通り、入籍への体裁を整えようとしてくれただけ。そのために指輪をくれたのだ。一夜を過ごしたのだって、栞奈がお願いしたからだ。

栞奈は深呼吸を繰り返して、どうにか気持ちを切り替えようとした。けれど、胸の痛みはどうしたって和らぎそうにない。

（でも、しっかりしなくちゃ）

栞奈は意を決して、部屋に置いてある固定電話の子機を取り上げた。短縮ダイヤルで叔母の家の番号を表示させて、電話をかける。数回のコールのあと、叔母の声が応答した。

『中津《なかつ》でございます』

「こんにちは。あの、石川栞奈です」

『あら、栞奈ちゃん。元気にしてた？』

「はい。叔母さんも叔父さんもお変わりありませんか？」

『ええ。それより、どうしたの？　声を聞くのは四十九日以来ね。いいお話でもあったのかしら?』

電話越しだが、家の相続を目論む叔母の声音は意地悪に聞こえた。

栞奈は素知らぬふりで答える。

「実はそうなんです。結婚したい人ができました」

『あら……あらまあ! それはよかったわ。で、もちろん私たちにそのお相手を紹介してくれるのよね?』

「ええと、入籍したら戸籍抄本を送ろうと思ってたんですが……」

とたんに叔母の声が厳しくなった。

『なに言ってるの! 一生に一度の結婚はとても大切なものなのよ! お相手が栞奈ちゃんのことをずっと大切にしてくれる人かどうか、本当に栞奈ちゃんにふさわしい男性かどうか、叔母さんたちが見極めてあげるわ!』

「え? 見極めるって……どういうことですか?」

『そんなの決まってるじゃないの! 姉さんたちの……あなたの両親の代わりに、私たちがそのお相手と会うのよ』

栞奈はえーっという絶叫をどうにかのみ込んだ。叔母夫婦は両親が死んでから八年間、栞奈や友奈、それに祖母にさえ一切関わってこなかったのに、なぜ今回だけこんなにも絡もうとするのだろう。そんなにも栞奈にこの家を相続させたくないのか。

受話器から叔母の声が聞こえてくる。

『私たちに報告してくるってことは、近々お相手のご両親に会うのかしら？』

「はい」

『だったら、そのときに私たちも同席するわ』

「ええっ」

叔母の一方的な言葉に、今度は声が出た。

『当たり前でしょ。私たち夫婦は栞奈ちゃんの保護者も同然なのよ』

「それは……でも、彼に相談してみないと……」

『あら。栞奈ちゃんのことを本当に大切に思ってくれている人なら、断るはずないでしょ』

そんなふうに言われては、返す言葉が見つからない。なにも言えないでいるうちに、叔母の声が言う。

『とにかく、お相手のご両親に会うときに、私たちも同席すると伝えてちょうだい。いいわね？　私たち、都合をつけて必ず行きますから』

ここまで強く言われて、話をひっくり返せるわけがない。栞奈はしぶしぶ「わかりました」と返事をした。

憂鬱な気分で通話を終えて、今度はスマホを取り上げる。俊吾はまだ運転中かもしれないので、メッセージを送った。

【叔母さんに結婚することを報告したら、俊吾さんのご両親との顔合わせのときに、自分たちも参加したいって言われました。急で申し訳ありませんが、叔母夫婦も同席させても

らえませんか?】

しばらく待ったが既読にならず、栞奈はスマホをデスクに置いてベッドに横になった。

もうため息しか出てこない。まさか俊吾とあんな関係に進むなんて。まさか叔母が顔合わせに出席したがるなんて。

事態は思っていたよりもずっと複雑になってきた。

その日の昼過ぎ、栞奈は商店街のフラワーショップを訪ねた。仏壇に供える花をときどき買うので、五十代半ばの女性店長とはよく話す仲だ。その店長にアジサイの挿し木の仕方を教えてもらった。

ふくよかな女性店長はにっこり笑って栞奈に手を振る。

「わからなくなったら、いつでも訊きにおいで! お母さんのアジサイ、うまく根付くといいね」

帰宅して、教わった通り、アジサイの花と余分な葉をカットして、切り口に斜めにはさみを入れた。それを水を入れた瓶に浸す。一時間ほどしてから土を入れた植木鉢に挿すのだという。

祖母が使っていた植木鉢に買ってきた土を入れたとき、家の中から友奈の呼ぶ声がした。

「お姉ちゃん、電話~!」

土がついた両手を急いで洗って家の中に入ると、友奈が栞奈のスマホを持って階段を下りてきた。

「ありがとう」

画面を見たら俊吾からの着信だった。栞奈は三階の自分の部屋に上がりながら、通話ボタンをタップして「もしもし」と応答する。

『今話せる？』

「はい、大丈夫です」

『両親に栞奈の話をしたよ。叔母さん夫婦の同席も問題ない』

「すみません、ありがとうございます」

『個室のある落ち着いた店でランチをしようか』

ランチと聞いて、栞奈はホッとした。

仰々しいレストランでのディナーなどでは、緊張してしまいそうだったからだ。

『栞奈の叔母さん夫婦の好みがわからないが、無難に和食にしておこう。予約をしたら連絡する』

「ありがとうございます。お願いします。それから、あの、その日は指輪をつけていった方がいいですよね？」

栞奈が確認するつもりで訊いたら、怪訝《けげん》そうな俊吾の声が返ってきた。

『指輪？　昨日渡したエンゲージリングのことか？』

「はい」

『だったら、普段からつけていればいい』

「え？」

それは嬉しい言葉だったが、そうしたら、栞奈と俊吾のことを会社のみんなに知られることになる。結婚後、半年で離婚すれば、周囲の噂《うわさ》になってお互い働きづらくなりそうだ。

「会社につけて行くのはやめておこうと思います。噂にならない方がいいと思いますので」

『噂になったら困るのか？』

「できれば噂にならない方がいいんじゃないですか？」

俊吾の声が一段低くなる。

『栞奈は、俺たちの結婚を会社の人間に知られたくないと？』

「その方がいいと思うんですけど。もし……俊吾さんが誰か別の女性と本当に結婚したくなったときのためにも……」

そう言いながらも、本当は俊吾がほかの女性と結婚することなんて、考えたくもなかった。けれど、栞奈との結婚は半年間の約束。栞奈が勝手に永遠を願ってはいけないのだ。

そのとき、スマホから押し殺したような俊吾の声が返ってきた。

『よくそんな冷めたことが言えるな』

怒っているようにも聞こえて、栞奈は胃の辺りがヒヤリとするのを感じた。

指輪をもらって、情熱的な一夜を過ごしたんだから、もっと嬉しそうにしなければいけなかったのだろうか……？

困ってなにも言えずにいると、電話の向こうでため息が聞こえた。

『また連絡する』

俊吾が電話を切ろうとするので、栞奈は慌てて「あのっ」と呼びかけた。

『どうした？』

「あの……日曜日までに一度会えませんか？」

俊吾を怒らせてしまったような気がして、それが不安だったのだ。だが、聞こえてきたのは淡々とした声だった。

『難しいな。月曜は支社長と会議で、火曜から水曜まで東京に出張だ。木・金・土は別の予定が入っている』

「そうですか……」

栞奈はがっくりと肩を落とした。そうだ、俊吾は忙しい人だった。

『悪いな』

「気にしないでください」

そう言って電話を切りながらも、あんなにステキな夜を過ごしたあとだけに、寂しさだけが募った。

午後五時過ぎ、栞奈は個サルに参加するため、電車に乗って五駅先にあるサッカースクールに向かった。スクールはCCサッカースクールという名称で、大型スーパーの屋上にあり、平日は子ども向けのレッスンを行っている。平日のレッスン後と土日・祝日は一般の人に開放されており、所定の料金を払って会員になれば、参加費を払うだけで、いつでも個サルに参加することができる。

エレベーターで屋上に上がったら、目の前は受付だ。

「石川さん、こんにちは」

受付の男性がにこやかな顔で栞奈に声をかけた。いかにもスポーツ青年といった容姿の彼は同い年くらいで、名札には島本《しまもと》と印字されている。

「こんにちは」

「今日は十人集まりましたから、二チームに分かれて試合ができますね」

「よかった！」

栞奈は参加料を払って更衣室に向かった。ロッカーの前で試作品のピンクのウェアに着替える。速乾性を重視した生地で、肌に触れるとサラサラしていて気持ちがいい。

ロッカーに鍵をかけて更衣室を出ると、コートにはすでに何人かの男女が集まって、靴《くつ》紐《ひも》を結んだり、ストレッチをしたりしていた。顔見知りの人もいるが、今日初めて会う人たちもいる。

「こんにちは。石川と申します。今日はよろしくお願いします」

栞奈は声をかけて、参加者の輪の中に入った。今日の参加者は女性四人に男性六人。何度かチーム替えをして、試合を行った。

そうして一時間、頭の中のモヤモヤした気持ちを吹き飛ばすように、しっかり動いてたっぷり汗をかいたあと、シャワーを浴びて着替えてスクールを出た。電車に揺られながら、試作品を実際に着用した感想をタブレットに入力する。

汗をかいてもべたつかないし、すぐに乾いた。動きやすくて、サイズ感もぴったりだった。

何人かの女性から、『おしゃれなデザインだね』とか『かわいい色！』といい反応をもらえたので、栞奈としては製品化に手応えを感じていた。あとは会社の研究施設で専用の計測機を用いて、さまざまなシーンを想定したシミュレーション・データを収集すればいい。そうやって忙しくしていれば、心を蝕《むしば》むこの寂しさをきっと紛らせることができるはず……。

# 第七章　冷徹副社長のもう一つの顔を見ました。

その翌週は思った通りやるべき仕事が目白押しだった。試作品を製品化するための業務で忙しく、あっという間に金曜日になった。

顔合わせまであと二日。火曜日の夜に俊吾から、ホテルの料亭を十二時半で予約したとメッセージで連絡があった。ディナーではない分、気が楽だとはいえ、叔母夫婦や俊吾の両親と会うのだ。いろいろな意味で不安しかない。

俊吾の両親は、副社長でもあり世界レベルのチームで活躍した元プロサッカー選手でもある一人息子が、アナウンサーでも女優でもモデルでもなく、ごく平凡な会社員と結婚することに反対しないだろうか。

テーブルマナーを失敗したらどうしよう。

緊張しすぎて、叔母夫婦や俊吾の両親に偽装結婚だとバレないだろうか？

できれば俊吾に会って、気持ちを落ち着かせたかったが、彼は今日も明日も予定があると言っていた。

それに、仕事中一度も彼を見かけることさえなかった。

七時前に仕事を終えて、まだ残っている課長たちに「お先に失礼します」と声をかけてオフィスを出た。日曜日の顔合わせのために、新しい服を買おうかと思いながらエレベーターに乗る。一階に着いて扉が開いたとき、琹奈と入れ違いに、一人の女性がエレベーターに乗り込んだ。

「あ」

その女性が俊吾の従妹の里香子だと気づいたときには、エレベーターの扉は閉まっていた。頭上の階数表示を見ると、エレベーターは上昇して、副社長室のある十二階で停まった。

里香子は今日は受付を通さず、直接、副社長室に向かったようだ。

彼女は先週もオフィスで俊吾を待っていた。あの日も俊吾は予定があると言っていた。そして今日。今日も予定があって琹奈には会えないと言っていたのに……。

（どういうこと？　俊吾さん、今週も里香子さんと会うの？）

琹奈の胸の奥にドロッとした不快な感情が生まれ、琹奈は胸元をギュウッと摑《つか》んだ。

けれど、琹奈と俊吾は契約上の結婚をするだけ。体を重ねたからといって、彼の恋人になったわけではない。彼と本当の夫婦になるわけでもない。半年で離婚するのだ。俊吾が誰と会ってどんなふうに金曜の夜を過ごそうが……琹奈に彼を束縛することはできない。

琹奈は唇を嚙《か》みしめてビルを出た。服を買いに行くつもりだったが、こんなに心がぐちゃぐちゃに乱れていては、とてもそんな気分になれない。

栞奈はバッグからスマホを出して、サッカースクールに電話をかけた。平日はスクール終了後の八時以降、人数が集まれば個サルが開催される。

二回の呼び出し音のあと、受付の島本の声が応じた。

『お電話ありがとうございます。CCサッカースクールです』

「こんにちは、石川です。今日、個サルは開催されますか?」

『あ、石川さん、こんにちは。今日は今のところ三人から問い合わせがあっただけで、開催は難しそうですね～。明日なら十四人集まっていますので、開催は決まってます』

「じゃあ、明日でお願いします」

『かしこまりました。ただ、明日は二面あるコートのうち、一面をCCスクールジュニア杯で使用しますので、一面しかお使いいただけませんが』

「大丈夫です」

よろしくお願いしますと言って、栞奈は通話を終えた。買い物は明日、体を動かしてすっきりしてから行こう。


翌日、三時にサッカースクールに行くと、島本から聞いていた通り、手前のコートを使ってCCスクールジュニア杯が開催されていた。サッカーウェアの小学生が何十人もいて、その保護者らしき男女でごった返していた。

「石川さん、金曜日はすみませんでした。できれば、石川さんに来ていただきたかったんですけど」

受付デスクの向こうで島本が頭を下げた。

「気にしないでください。人数が集まらないんじゃ、仕方ありませんしね」

「今日は奥のコートをお使いください。ボールやビブスは先に来られた方にお渡ししました」

「ありがとうございます。ジュニア杯は毎年やってるんですか？」

「はい。全国のCCサッカースクールが参加するので、会場は毎年変わるんですけど、今年はうちで開催で。騒がしくてすみません。今は準決勝戦が行われています。あとは決勝戦と三位決定戦、表彰式だけです」

栞奈は参加費を払って更衣室に入った。今日は試作品のウェアではなく、自分のウェアに着替えて、タオルとスポーツドリンクを持って奥のコートに向かった。ジュニア杯が開催されているコートを見ると、小学三、四年生くらいの子どもたちが試合をしているところだった。青いビブスを着たチームと黄色のビブスを着たチームが対戦している。試合は八人制で男の子がほとんどだったが、青ビブスのチームには女の子が二人、黄色ビブスのチームには一人いた。

栞奈がネットの横を歩いているとき、ホイッスルが鳴って試合が終わった。子どもたちは整列して握手をして、それぞれのチームのベンチに戻っていく。青ビブスのチームが勝ったらしく、みんな弾むような足取りだ。

「やったー！　決勝進出！」

「ジョー・コーチ、俺、シュート決めたよーっ！」

子どもたちの嬉しそうな声が聞こえてきた。ジョー・コーチということは、コーチは外国人なのだろうか。

栞奈が歩きながら青ビブスのチームのベンチを見たら、背が高くがっしりとした体格の男性が、群がる子どもたち一人ひとりに声をかけ、頭を撫《な》でていた。髪はダークブラウンで、紺色のウェアを着た後ろ姿では、日本人なのか外国人なのかわからない。

けれど、どことなく見覚えのある後ろ姿だ。まさかと思いつつ、確かめようとネットに顔を近づけたら、個サル参加者の男性に声をかけられた。

「石川さ～ん、こんにちはぁ！」

見ると、三十歳くらいのややぽっちゃり体型の男性が、コートで手を振っている。数回前の個サルで初めて会ったとき、食品メーカーに勤めていると聞いた。職業柄、食べることが多いので、運動のために参加していると言っていた。

「斉藤《さいとう》さん、こんにちは」

栞奈は奥のコートの入り口に回って、中に入った。

「今日は人が多いですねー」

斉藤がストレッチをしながら言った。栞奈も同じようにアキレス腱《けん》を伸ばしながら答える。

「サッカースクールのジュニア杯だそうですね」

「コートが一面しか使えないのは残念ですが、仕方ありませんね。それじゃ、そろそろチーム分けをしましょうか」

斉藤に言われて、琹奈は個サル参加者が集まっているベンチに近づいた。

今日は女性が三人いたので、三チーム作ってそれぞれに一人ずつ女性が入ることになった。琹奈は斉藤と同じAチームだ。

「石川さん、よろしく。がんばろうね！」

「はい」

同じチームのメンバーで自己紹介をして名前を覚え、Aチーム対Bチームで試合が始まった。最初は体格のいい斉藤ら男性がディフェンスを引き受けたので、琹奈は前線で走ってゴールを狙った。けれど、初めてチームを組んだメンバーとはなかなか息が合わず、出されたパスを敵チームのディフェンスに奪われた。

全員で善戦し、琹奈も一点決めたものの、結局、二対三でBチームに負けてしまった。

「あぁーっ。あのシュートを決められてればなぁ～」

斉藤がベンチに向かいながら悔しそうに言った。

「ホントですね～。あと五分あったら同点に追いつけたかもしれませんね」

「しかし、石川さん、ナイスシュートでしたね！」

「ありがとうございます。斉藤さんのディフェンスも頼もしかったですよ」

フットサルの話をするのは楽しく、栞奈はタオルで汗を拭きながら、斉藤と並んでベンチに座った。

次はBチームとCチームの試合なので、栞奈たちは少し休める。

「あ、ジュニア杯の方は決勝戦みたいですね」

斉藤が振り返って背後のコートを見ながら言った。青いビブスのチームとオレンジのビブスのチームが戦っている。ゴール前で競り合う白熱した展開に、栞奈はついジュニア杯を観戦する。

「トモヤ、がんばれーっ」

「モナ、行けー！」

コートの外の保護者の応援にも熱が入っている。スコアボードは一対〇で青ビブスのチームがリードしていた。

「石川さん、作戦会議をしましょう」

斉藤に声をかけられて、栞奈は個サルのコートに視線を戻した。

「一勝はしたいですからね！」

斉藤が気合いの入った声で言った。ほかのメンバーもさっき負けたことが悔しいらしく、真剣な表情だ。栞奈も作戦会議に加わり、次の試合では栞奈がキーパーを担当することになった。足が速く体格のいい男性陣で、積極的にゴールを狙う作戦だ。攻めを重視する分、守りが手薄になるのが不安だが。

「絶対にシュートを打たせませんから！　ディフェンスで食い止めます！」

原田《はらだ》と名乗っていた四十歳くらいの男性が、両手を握り拳にして栞奈に言った。

「お願いします」

そうして作戦会議が終了してしばらくして、BチームとCチームの試合が終わった。結果は一対三でCチームの勝利。栞奈たちの次の対戦相手はCチームだ。

整列して挨拶をしたあと、栞奈はゴール前でキーパーグローブをつけた。試合が始まり、栞奈はいつでもボールを止められるよう、ボールに意識を集中させる。

Cチームのフォワードがドリブルで突破し、ゴール前に迫ってきた。栞奈は緊張しながら、どんなボールにも対応しようと、膝を曲げて構える。だが、原田がボールを奪って、敵のゴールへと攻め上がり、栞奈はホッと肩の力を抜いた。

そのとき、隣のコートから歓声が聞こえてきた。決勝戦の試合が終了したらしい。見ると、青いビブスを着た子どもたちが両手を突き上げたり、走り回ったりして喜んでいる。

「やったぁ！」

「お母さ〜ん、勝ったよーっ！」

嬉しそうな子どもたちの声に交じって、大人の声がする。

「よくやったね！　お疲れさま！」

「さすがはレンジョー・コーチだ！」

（レンジョー・コーチ⁉）

栞奈は驚いてコーチの姿を探した。コーチは跳ね回る子どもたちに囲まれていて、よく見えない。

栞奈がついそちらに気を取られていると、「石川さんっ、危ない！」と叫ぶ斉藤の声がした。ハッと顔を向けたときには眼前にボールがあり、次の瞬間、顎を激痛が襲った。

「きゃあっ」

よそ見をしていたせいで、蹴られたシュートを顎で受け、ボールの勢いに押されるまま後ろによろけた。頭がクラクラして、右手でゴールポストを摑み、そのまま尻餅をつく。足元でボールが弾み、それを敵チームの男性が狙ったが、味方のディフェンスが外に蹴り出してくれた。

「石川さん、大丈夫ですか？」

斉藤が栞奈に走り寄ってきた。

「すみません、集中してませんでした」

栞奈は痛む顎を押さえ、斉藤が心配そうな声を出す。

「大変だ、唇が切れてますよ」

「えっ」

キーパーグローブを外して唇を触ると、指に血がついた。

斉藤はベンチで休んでいたBチームのメンバーに声をかける。

「すみませ～ん、一人負傷したんで、代わってもらえませんか？」

女性が右手を上げて立ち上がった。

「じゃあ、私が代わります」

よそ見をしていた挙げ句、唇を切るなんて。みんなに迷惑をかけて申し訳ないという気持ちと、恥ずかしいという気持ちが交錯する。

栞奈は立ち上がろうと人工芝に手をついた。

そのとき周囲がざわめき、不思議に思って顔を上げたら、男性が――青ビブスのチームのコーチが――栞奈に駆け寄ってくるのが見えた。

「栞奈！」

心配そうな顔でそう叫んだのは、やっぱり俊吾だった！

栞奈は彼を見て、さっき抱いた疑問を言葉にする。

「どうして俊吾さんがここにいるの？　連城コーチってどういうことですか？」

「今はそんなことを言ってる場合じゃない」

俊吾は栞奈の背中と膝裏に手を添え、彼女を横抱きに抱き上げた。

「えっ、歩けますからっ」

栞奈が下りようと足をバタバタさせるので、俊吾はギュッと栞奈を抱き寄せる。

「医務室へ運ぶ」

「や、でも」

「大人しくしてろ！」

ぴしゃりと言われて、栞奈は肩を丸めてできるだけ体を小さくした。隣のコートではジュニア杯の表彰式の準備が始まっているが、何人かの保護者や子どもたちが俊吾と栞奈を見ている。

穴があったら入りたい。むしろ掘ってでも隠れたい。そう本気で思うくらい恥ずかしい。

「どうしました、石川さん！　大丈夫ですか？」

受付の前を通ったとき、島本が慌てた声で言った。

「ちょっと顎でボールを受けてしまって……」

栞奈は俊吾に抱かれたまま、顎をさすった。島本が俊吾に近づき、彼に代わって栞奈を抱こうとするかのように両手を伸ばした。

「こちらで処置します。もうすぐ表彰式が始まりますから、連城コーチはコートに戻ってください」

「いや、医務室まで俺が運びます」

俊吾は頑として譲らず、そのまま栞奈を医務室に運んで長椅子に座らせた。

「見せてみろ」

彼は栞奈の前に片膝をついて、彼女の顎に手を添えた。栞奈は口を開ける。

「唇を切ったな」

「うがいをするくらいで大丈夫だと思います」

栞奈は立ち上がろうとして、俊吾に止められた。

「ボールはどこに当たった？　目眩《めまい》はしない？　頭痛は？　グラグラする歯はない？」

一度に訊《き》かれて、栞奈は戸惑いながら答える。

「斜め下から顎に当たったけど……目眩も頭痛もしません。歯も大丈夫です。切ったところが少しじんじんするくらいです」

「本当に？」

俊吾が心配そうに栞奈を見上げた。少し大げさな気もして、栞奈は笑いながら言う。

「本当に大丈夫です。それより、早く戻ってあげてください！　コーチなんですよね？」

「だが……」

「ボールを顎で受けたことより、俊吾さんがこんなところでコーチをしていることの方が衝撃だったんですよ！　今すぐここで説明してくれますか？　それとも表彰式が終わってからにしますか？」

栞奈が強い口調で言い、俊吾は両手を胸の前で軽く上げた。

「それは……話が長くなりそうだから、後者にしてもらおう」

「じゃ、早く行ってください」

「わかった。だが、少しでも気分が悪く感じたら、俺にすぐに知らせるように」

「はい」

俊吾は立ち上がって医務室を出ようとしたが、ドアのところで振り返った。

「一人にして大丈夫か？」

「大丈夫ですってば」

栞奈は笑いながら彼に手を振った。心配そうな俊吾の姿が消えて、栞奈は立ち上がって水道の蛇口に近づく。

どうしてあんなに彼に心配されるんだろう。

（腫れてすごくひどい顔になってるとか……？）

そう思って鏡を見たが、とくに顔は腫れても痣《あざ》ができてもいない。唇の傷が赤くなっているくらいだ。

栞奈が口をゆすいでいたら、島本が医務室のドアをノックした。

「石川さん、大丈夫ですか？」

島本が救急箱からガーゼを出して栞奈に渡した。栞奈は傷口をガーゼでそっと押さえたが、うっすらと血がついただけで、出血もひどくない。

けれど、コートには出血が止まるまで戻れない決まりだ。

「どうですか、痛みますか？」

島本は心配そうに栞奈の顔を覗《のぞ》き込んだ。栞奈は顎を触ったが、少し痛む程度で、異常は感じない。

「少しだけ。でも、大丈夫です」

「もしなにか異常を感じたら、すぐに受診をして、こちらにも連絡してください」

「ご心配をおかけしてすみません。ベンチに戻りますね」

栞奈はお辞儀をして、医務室を出た。あとから島本が追いかけてくる。

「石川さん、これを」

島本は栞奈に保冷剤を差し出した。栞奈はお礼を言って、保冷剤をタオルで包み、顎に当てる。

ベンチに戻ると、スコアボードは〇対一になっていた。Aチーム、一点のビハインドである。

『ディフェンスで食い止めます！』と言っていたが、Aチームは敵に攻め込まれ、ゴール前で苦戦していた。あわや二点目を奪われるかというとき、ディフェンスがどうにかボールを蹴り出した。

危ないところだった。

栞奈が息を吐いたとき、ボールを取りに行ったキーパーの女性が栞奈に気づいた。

「あ、石川さん、大丈夫ですか？」

「はい、すみません。助っ人ありがとうございました」

栞奈はキーパーグローブをつけて、女性と交代した。隣のコートでは表彰式が行われているが、今度は意識を自分の試合に集中させる。

「ディフェンスで止めるなんて大口叩《たた》いたんだから、点取ろうぜ！」

男性陣が気合いを入れ直し、短い時間で二点決めてくれたので、この試合はAチームの勝利となった。

「イエーイ！　初勝利！」

斉藤が嬉しそうに仲間とハイタッチをして、栞奈に近づいてくる。栞奈も手を上げて彼とパチンと手を合わせた。

「斉藤さん、ナイスアシストでした！」

「石川さんは完全復活しましたか？」

「はい、ご迷惑をおかけしてすみません」

その後も休憩を挟みながら試合をして、今日の個サルを終了した。気づいたときにはジュニア杯の表彰式は終わっていて、隣のコートにはもう誰もいなかった。俊吾の姿もない。

「ありがとうございました。お疲れさまでした」

栞奈は俊吾とのことをなにか訊かれる前にと、急いで参加者に挨拶を済ませて、すぐに更衣室に向かった。すると、男性更衣室と女性更衣室の間の壁に、俊吾が腕を組んでもたれて立っていた。そこから栞奈たちの試合を見ていたようだ。俊吾に見られていたと思うと、ちょっと恥ずかしい。

栞奈が声をかけるより早く、俊吾が言葉を発する。

「痛みはないのか？」

「はい、もう大丈夫です」

「楽しそうにプレーしてた。まさか栞奈が個サルに参加してたなんてな」

「俊吾さんこそ、こんなところでコーチをしてたなんて」

そのとき、島本が受付デスクを回って近づいてきた。

「石川さん、怪我の具合はどうですか？」

「もうぜんぜん平気です」

「本当に？」

島本が栞奈の頬に手を添え、傷口を見ようと顔を近づけるので、栞奈は戸惑いながら胸の前で両手を振った。

「はい、本当に！　ご迷惑をおかけしてすみませんでした」

島本は栞奈の頬から手を離した。

「迷惑だなんてとんでもない！　あのまま試合をしてたんで、すごく心配しました。大丈夫みたいで本当によかったです」

島本はそう言ってから、栞奈と俊吾を交互に見る。

「あの……お二人はお知り合いなんですか？」

島本に問われて、栞奈はあっと思った。みんなの前で俊吾に『栞奈』と呼び捨てにされた挙げ句、医務室までお姫さま抱っこで運ばれている。半年で別れるのに、こんなところで噂《うわさ》になったら俊吾も迷惑だろう。そう思って栞奈は急いで口を動かす。

「あの、同じ会社なんです。でも、ただの上司と部下って関係ですっ。俊……連城さんは副社長で、私は企画部なので、仕事上の関わりはそんなに深くはないんです。フロアも離れてるから、顔もめったに会わせないし。なので、今日はここで会ってすごくびっくりしました」

「そうだったんですか。よかった」

ホッとしたようにそう言ってから、島本は慌てたように付け足す。

「あ、いや、実は……連城コーチと特別な関係なのかと勘ぐってしまって。あ、ほら、連城コーチ目当てのお母さんたちもいるから……。あの、石川さん、今日のことに懲りずに、ぜひまた来てくださいね。お待ちしています」

「はい」

琹奈は会釈をして更衣室に入った。手早くシャワーを浴びて、着替えてメイクをする。急いで更衣室を出たが、外に俊吾の姿はなかった。

（俊吾さん、帰ったのかな……？　コーチの件、説明してくれるって言ってたのに。やっぱりまだ……先週のことを怒ってるのかな……）

バッグからスマホを出したら、通知ライトが点滅していて、彼からメッセージが届いていた。

【二階の駐車場にいる。店内出入り口のすぐ横に駐車している】

琹奈はスマホをバッグに戻し、スクールを出た。エレベーターで二階に下りて、駐車場に出る。すると、彼のメッセージの通り、出入り口のすぐ隣のスペースに黒い外国車が駐まっていた。

「俊吾さん」

栞奈は助手席の窓を軽くノックした。俊吾が運転席から身を乗り出して、ドアを開ける。彼は白いカジュアルなシャツと細身のジーンズに着替えていた。

「送っていく」

そう言った彼の声はとても低く、顔も不機嫌だ。

（やっぱり怒ってる……。先週の私の態度がよっぽど気に入らなかったのかな……。それとも今日、なにか気に障ることをしちゃったのかも……）

栞奈は心配になりながら助手席に乗った。俊吾が栞奈の左手を見る。

「どうして指輪をしてないんだ？」

責めるような口調で言われて、栞奈はドギマギしながら答える。

「家事をして傷つけたり、フットサル中にぶつけて変形したりしたら嫌だったから……」

「あれは、栞奈が俺と婚約しているという証なんだぞ。会社でつけるのが嫌だとしても、休日に外に出るときくらいはつけておけ。それに、どうしてさっき、島本さんにあんなことを言った？」

「あんなことって？」

「『ただの上司と部下って関係です』って言っただろ。なぜ俺と結婚するんだって言わない!?」

俊吾の剣幕に驚きながらも、栞奈は口を動かす。

「こ、こんなところで私と噂になったら、どこまで噂が広まるか……。もしニュースとかになったら、俊吾さんが別れるときに困ると思ったんです」

「俺がどうして困るんだよ？」

「だって……」

「『だって』なんだ？」

栞奈は唇をキュッと引き結んだ。

俊吾は栞奈のことを思いやって、アジサイを見せに連れていってくれるような優しい人だ。そんな人が『ろくでもないプレイボーイ』のはずがない。彼のせいで『栞奈が愛想を尽かして離婚するんだ』なんて思われたら嫌なのだ。できるだけ、彼に悪い評判が立たないように、結婚も離婚も目立たないように済ませたい。たとえ戸籍抄本を見れば、彼がバツイチだとわかってしまうのだとしても。

「だって……できるだけ周囲の人たちに知られない方が……離婚しやすいと思ったんです」

俊吾は右手で前髪をくしゃくしゃとかき乱した。そうして深く息を吐き、押し殺した声を出す。

「明日、朝九時に迎えに行く」

突然話を変えられ、栞奈は瞬きをした。

「どうしてですか？　顔合わせは十二時半からですよね？」

「今の栞奈じゃ、偽装結婚だって気づかれる」

「えっ」

「俺との離婚を意識しながら、顔合わせなんかさせられるか」

俊吾の声に怒りが混じっていた。

「私、ちゃんとやれます」

「そうは思えない」

前を向いた俊吾の横顔は見たことがないくらい厳しかった。仕事に完璧さを求める冷徹副社長の姿そのものだ。これ以上の反論など、受けつけてもらえそうにない。

栞奈は肩を落として、「わかりました」と返事をした。

# 第八章　もう気持ちを偽るのは限界です。

翌日の日曜日、栞奈は俊吾と初めてディナーに行ったときに着たのと同じワンピースを着て、華やかに見えるよう髪をアップにした。指輪もはめて、俊吾を待つ。

ダイニングテーブルに座って紅茶を飲んでいたら、食器を洗い終えた友奈が弾むような声を出した。

「お姉ちゃん、きれーい！　いよいよ連城さんのご両親と顔合わせなんだよね。がんばってね！」

「うん……」

栞奈は浮かない顔で返事をした。昨日の別れ際の不機嫌な俊吾の顔が頭から離れず、心も沈んでいる。

「もー、お姉ちゃんってばなんて顔してるのよ～。せっかくおしゃれしたんだから、いつもみたいに笑わないと。叔母さんたちだって来るんでしょ！　お姉ちゃんが幸せいっぱいだってところを見せてあげてよね～」

「そうだよね……」

大好きな人と結婚できる幸せいっぱいの女性を演じなければ、と思ったとき、チャイムの音が響いた。友奈が窓を開けて下を覗《のぞ》き、振り返って「お姉ちゃん、連城さんだよ」と言った。

栞奈は緊張しながら、テーブルに置いていた小ぶりのバッグを取り上げる。

「お姉ちゃん、表情が硬いよ～」

友奈に言われて、栞奈は大げさなくらいニーッと笑ってみせた。

「うーん、緊張してるね」

友奈は苦笑して栞奈の背中を軽く叩き、「行ってらっしゃい！」と元気な声を出した。

「行ってきます」

栞奈は努めて明るい声で応えた。階段を下りてパンプスを履き、ドアを開ける。先週と同じように、俊吾がドアの前に立っていた。今日は落ち着いたグレーのジャケットに、白いシャツ、ネイビーのスラックスという格好だ。

「おはようございます」

栞奈がペコリと頭を下げると、俊吾は栞奈に顔を近づけた。表情がなく、彼の感情が読めない。

「おはよう。昨日、具合が悪くなったりしなかった？」

「はい。傷ももう大丈夫です。しみたりもしません」

「よかった。今日はちゃんと指輪をしているな」

「はい」

俊吾が助手席のドアを開け、栞奈はおずおずと乗り込む。

「これから……どちらに行く予定ですか？」

栞奈はシートベルトを締めて、運転席の俊吾に訊《き》いた。

「俺の家だ」

「え？　ホテルの料亭でランチだったんじゃ……？」

「顔合わせはホテルの料亭だ。だが、その前に俺の家に行く」

俊吾がアクセルを踏んで、車が動き出した。どうして彼の家に行くのか訊きたいが、彼の横顔が不機嫌にも見えるくらい無表情で、話しかけづらい。

（私……いったいなにを失敗したんだろう……）

原因を考えようとした瞬間、ハッとした。

（俊吾さんは私が本気で彼を好きになったことに気づいたんじゃ……？）

そう思うと、納得できた。

八年も彼に憧れ続けた想いを、隠すことなど不可能だったのだ。結婚願望のない、女性と長く付き合う気のない彼にとって、栞奈は重すぎる。彼が不機嫌になって当然だ……。

栞奈は膝の上で両手をギュッと握った。低音量で流れる落ち着いたジャズの曲が、かえって重苦しく聞こえる。

やがて三十分ほどして、大阪市内でも有名な高級住宅地に入った。どの家も塀が高く、敷地が広い。その一角にある白い壁で囲まれた邸宅の前で、車は停止した。俊吾はリモコンでシャッターを開けて、中に車を入れる。

コンクリートが敷かれた駐車場は、俊吾の車のほかに二台は余裕で駐められそうだ。その隣には広い芝生の庭が広がっていて、その奥に白壁の美しい邸宅があった。大きな出窓があり、邸宅という呼び名がふさわしいような造りだ。けれど、庭が広いため、外から敷地を見て想像していたほど、家そのものは大きくない。

栞奈は瞬きを繰り返した。

「ええと……ここは俊吾さんのご両親のお家なんですか？」

「いや、俺の家だ。引退後に買った」

（こんな広い家を一人で住むために？）

栞奈は驚きが冷めないまま、助手席を下りた。

「こっちだ」

俊吾が芝生の横の小道を歩き出し、栞奈は彼に続く。

「すごく……広いお庭ですね」

「家でボールを蹴りたかったから、庭を広く造ってもらった」

テニスコートが二面くらい造れそうな広さだから、十分にボールを蹴れそうだ。庭の隅にある倉庫には、きっと折りたたみ式のミニサッカーゴールやボールなどが収納されているのだろう。

明るい日差しを浴びた瑞々《みずみず》しい緑の芝生を見ているうちに、ふとそこでボールを蹴る俊吾の姿が目に浮かんだ。そんな彼のそばには、一人……あるいはそれ以上の……かわいい子どもがいて、ボールを蹴る俊吾を追いかける。そこには笑い声が満ちていて、栞奈は庭に面したテラスのチェアから、彼らの様子を眺めるのだ……。

そんなことを夢想して、栞奈の口元に苦い笑みが浮かぶ。

ありえない話だ。

栞奈は首を左右に振った。

やがて玄関に到着し、俊吾が大きな玄関ドアを開けて、栞奈を中へと促した。

「お邪魔します」

白いタイルが敷かれた玄関は広く、栞奈はパンプスを脱いで、廊下に出されていたスリッパに足を入れた。初めて彼の家に招待されたのに、嬉《うれ》しさよりも緊張と不安を覚える。

「こっちだ」

俊吾が言って、左手のドアを開けた。

一歩入ると、そこは広いリビングダイニングだった。南向きの大きな窓からは、レースのカーテン越しにさっきの庭が見えた。右手にあるキッチンは対面式で、背後の戸棚には高級そうなガラスの食器や陶器が整然と並んでいる。

必要最小限のものだけ揃《そろ》えられた、男性の一人暮らしらしい空間だ。

「コーヒーと紅茶、どっちがいい？」

俊吾に訊かれて、栞奈はキッチンに向かう彼を見る。

「あ、いえ、お構いなく……」

「本当になにも飲まないのか？」

「はい」

「そうか」

俊吾は冷蔵庫からミネラルウォーターのペットボトルを取り出し、ローテーブルに置いた。

「栞奈」

俊吾が右手を伸ばして栞奈の頬に触れ、栞奈はビクリと肩を震わせた。

「いいかげん俺に慣れたと思っていたのに」

俊吾は低い声で言って、栞奈の頬を両手で包み込んだ。

「昨日みたいな態度なら、俺たちは出会ってすぐに結婚するくらいお互いに夢中なんだって、誰も思わないだろうな」

俊吾は栞奈の頬を包み込んだまま、彼女の目を覗き込んだ。俊吾の瞳に激しい感情が浮かんでいて、栞奈は息をのむ。

「き、気をつけます」

「気をつけるなんて、そんな生ぬるいものじゃダメだ」

俊吾にまっすぐ射貫くような瞳で見つめられ、栞奈はゴクリと喉を鳴らす。

「じゃあ、どうすれば……」

「俺に溺れろ。俺を欲しがれ」

次の瞬間、俊吾の唇が栞奈の唇に重なった。後頭部に彼の手が回され、ただ触れただけの唇は、彼の瞳の激情が示すように、すぐに貪るようなキスに変わった。鼓動が高まり、体がゾクゾクする。好きな人にこんなキスをされて、彼が欲しくならないわけがない。

俊吾の唇が頬に触れ、顎に触れたかと思うと、うなじの弱いところを啄《ついば》んだ。

「ああっ」

背筋に淡い刺激が走って、栞奈の口から悩ましげな声が漏れる。

俊吾の手が栞奈の首の後ろに回り、ゆっくりとファスナーを引き下げた。足元にワンピースとキャミソールが落とされ、ブラジャーも剝ぎ取られた。大きな手が鎖骨から胸の膨らみをなぞり、手のひらで先端を転がされる。素肌に与えられる甘い刺激に、腰の辺りが淡く疼いた。

再び唇が触れ合い、俊吾の舌が差し込まれ、栞奈の舌を絡め取った。濃密なキスに、栞奈の思考がとろかされていく。

(俊吾さんが……欲しい)

その気持ちのまま、手を伸ばして彼のシャツのボタンに手をかけた。一つずつゆっくりと外して、彼の筋肉質で逞《たくま》しい肌に手を這《は》わせる。

ビクリと俊吾が震えるのがわかった。

ずっとずっと憧れていた人。たった二週間そばにいただけで、こんなにも好きになった人……。

想いを込めて肌に触れるうちに、俊吾の呼吸が荒くなり、キスが性急なものに変わる。彼が自分を欲しがってくれているのだと思うと……それが彼にとって一時の欲望なのだとしても、嬉しくなる。

「俊吾さん……」

栞奈は俊吾の胸元に口づけた。俊吾が小さく息をのむ。

「俺に火をつけたな」

俊吾は栞奈を横抱きに抱え上げ、ソファへと運んだ。広い座面に寝かされ、栞奈は浮かされたような表情の俊吾を見上げる。彼はジャケットとシャツを脱ぎ捨てて、栞奈の顔を囲うように両手をついた。

「俊吾さん」

栞奈は両手を伸ばして俊吾の頬に触れた。

この人の、体だけでなく心も欲しい。

心の奥底から熱い感情が膨れ上がり、溢《あふ》れそうな想いをどうしても言葉にせずにはいられない。

「好きです」

溺れろなんて言われなくても、もうとっくに溺れている。自分ではどうしようもないく

らい、彼の虜になっている。

俊吾は頬に触れていた栞奈の右手を掴《つか》み、指に口づけた。

「……好きだ」

栞奈の心臓がドクンと鳴った。けれど、信じられない思いの方が強く、瞬きをして彼を見る。

「栞奈が好きだ」

俊吾が栞奈に視線を向けてゆっくりと繰り返し、栞奈は小さな声で問う。

「……ホント、に？」

「ああ」

俊吾が少し照れたように微笑んだ。その表情がたまらなく愛おしくて、栞奈は胸が苦しいくらいにギュウッとなる。

「嬉しいです……」

栞奈の瞳にじわじわと熱いものが滲《にじ》んだ。

「俊吾さんが……欲しいです」

「俺も栞奈が欲しくてたまらない」

俊吾が両手で栞奈の頬を包み込み、唇を重ねた。熱く激しいキスを繰り返され、栞奈は俊吾の首に両腕を絡める。

夢中で彼の唇を求めているうちに下着を脱がされ、彼も同じように裸になって栞奈を引き寄せた。

「おいで、栞奈」

俊吾はソファに腰をかけて、栞奈の腕を引いた。栞奈は俊吾に促されるまま彼の太ももを跨《また》ぐ。窓から明るい光が差し込む中、一糸まとわぬ姿で見つめ合い、栞奈は頬を赤くした。俊吾の手のひらが腰に触れて、ゆっくりと撫《な》で下ろす。その手が丸いお尻の間を滑り降り、割れ目をゆっくりとなぞった。

「あっ」

栞奈がビクリと体を震わせ、俊吾は反対の手を栞奈の後頭部に回した。彼の方に引き寄せられて、再び唇を重ねる。舌を絡ませ合う濃密なキスの間、彼の指先が秘裂の周囲をゆっくりなぞった。その淡い刺激に応えるように、熱いものが体の中から溢れて彼の指にまといつく。

「俺に感じてるんだな」

彼が小さく笑って、つぷりと指を差し込んだ。

「あぁっ」

長い指をゆっくり抜き差しされて、淫らな水音が少しずつ高くなる。それとともに体温が上がって、自分の下腹部が彼を求めてうねるように収縮するのを感じた。

「あん……俊吾さん……」

ねだるような声が漏れて羞恥を覚えたとき、俊吾の手が左の膝裏に触れた。そのまま脚を持ち上げられ、彼に導かれるまま、屹立《きつりつ》したソレをゆっくりと中に受け入れる。押し広げるように侵入してくるその感覚に、ゾクゾクするような快感が腰から背筋を駆け上った。

「ああ……はぁ……」

彼と体も心も一つになれた。その喜びが甘い吐息となって零れる。

「栞奈」

俊吾が栞奈の腰に両手を当てて、軽く腰を揺らした。中をこすられ、ずくんとした疼《うず》きに栞奈の体中が熱くなる。

「あっ、ああっ」

今度は強く下から突き上げられ、奥までずんと響いて、栞奈はたまらずのけぞった。その腰を引き寄せられ、中を掻《か》き乱されて、栞奈は切なげに吐息を漏らす。

「はぁ……ん……」

彼に揺さぶられるうちに、自然と彼と同じリズムを刻んでいた。体を動かすたびに彼を感じて、淡い快感が何度も背筋を走る。

「俊吾さん……俊吾さんっ……」

「ああ……栞奈」

俊吾が耐えるように眉を寄せて、喘《あえ》ぐように栞奈の名を呼んだ。彼が栞奈のお尻をぐっと掴んで腰を寄せたので、つながり合っている部分がこすられ、さらに快感が増す。

「あ……どうしよ……も……ダメ……です……っ」

つながった部分、触れ合った肌、重なった唇。全身で彼を感じて、栞奈は一人だけで溺れまいと彼の首にしがみついた。

「俺も、だ」

彼に抱きしめられて最奥を穿《うが》たれた瞬間、鋭い快感が弾けた。

「ん、あっ、あぁぁーっ」

栞奈が大きく背を仰け反らせ、同時に達した俊吾が栞奈をかき抱く。

「栞奈っ……」

「俊吾さん……」

汗ばんだ肌を合わせ、唇を重ねたまま、快感の名残を味わう。やがてゆるゆると力が抜けて、栞奈は彼にぐったりともたれかかった。俊吾の手が背中をゆっくりと上下し、なだめてくれているようなのに、腰に触れられた瞬間、淡い刺激を感じて、ビクリと体が震えた。

そんな反応をしてしまったのが恥ずかしく、栞奈は顔を赤くしながら、俊吾から体を離そうとした。けれど、背中に回されていた彼の手にギュッと力がこもる。

「ずっとこうしていたい」

その言葉が嬉しくて、彼の首に両手を回してギュウッと抱きつく。

「私もです。俊吾さんから離れたくないです」

俊吾はしばらく栞奈を抱きしめていたが、やがて栞奈を抱いたまま立ち上がった。急に視線が高くなって、栞奈は驚きながら俊吾を見る。

「顔合わせをすっぽかすわけにはいかないが、栞奈と離れたくない。だから、一緒にシャワーを浴びよう」

「えっ」

栞奈が頬を染めたのを見て、俊吾はいたずらっぽく微笑んだ。

「あんなに積極的だったのに、今さら恥ずかしいとか言うなよ」

「だ、だ、だい、大丈夫ですっ」

俊吾はクスッと笑って、栞奈の胸元にキスを落とした。

「栞奈は本当にかわいい」

その言葉に幸せを感じながら、栞奈は俊吾に抱かれたままバスルームへと運ばれた。ひんやりとした床に下ろされ、熱いシャワーを浴びながら、どちらからともなく唇を重ねる。

触れ合う温もりが、離れがたい。

「こんなふうに感じたのは初めてなんだ」

俊吾の手が、栞奈の髪に手櫛を通すようにしながら後頭部に回された。愛おしむような優しいキスが繰り返されて、心が温かく満たされていく。

俊吾が手のひらの上でボディーソープを泡立てて、栞奈の鎖骨のあたりに触れた。

「洗ってやるよ」

「え、あの、自分で……」

敏感になった肌の上を彼の手が滑り下りて、胸の膨らみを包み込んだ。やわやわと揉《も》みしだかれ、長い指の腹で先端をこすられ、あんなに満足したはずの体が、また熱を持ち始める。

「あ、ダメ……俊吾さ……」

体を引こうとした瞬間、胸の尖《とが》りをつままれた。

「ひゃんっ」

甘い悲鳴がバスルームに響き、それが思ったよりも大きくて、栞奈は唇をギュッと結んだ。

「まだちゃんと洗えてない」

俊吾の手が背中に回り、腰を撫で下ろしてお尻の丸みをなぞる。ときおり太ももに触れそうになるので、栞奈はもどかしげに息を吐いた。こんなことをされたら、いつまで正気を保てるか……わからない。

栞奈は思い切ってボディーソープに手を伸ばした。

「わ、私もっ……洗ってあげます」

泡立てたボディーソープを乗せた手で、彼の胸に触れ、張りのある肌の上を撫でる。

「栞奈」

俊吾が眉をギュッと寄せた。その悩ましげな表情に、栞奈の胸がキュンとなる。

俊吾が栞奈の両手首を握ったかと思うと、栞奈はバスルームの壁に背中を押しつけられ

た。

「俺を煽《あお》って……どうする気だ？」

強い光を宿した瞳に射貫くように見つめられ、栞奈は小声で答える。

「俊吾さんにも……私に溺れてほしい……です」

「もうとっくに溺れてる」

そう言って栞奈を抱きしめた。

「このままじゃ、顔合わせには行けないな……」

俊吾は熱情を帯びてかすれた声で囁いた。栞奈の左脚を持ち上げて彼の腰に絡ませる。

彼の切っ先が蜜口に触れ、そのままぐっと押し込まれた。

「ん……あ、ああっ」

つながったまま俊吾に抱き上げられて腰を引き寄せられると、自分の体の重みで奥まで彼に貫かれた。最奥をぐりぐりと抉《えぐ》られる。

「あっ……嘘《うそ》、こんなの……ダメ……」

正気を失いそうな刺激に、栞奈はすがるように俊吾の首に腕を回した。下腹部がキュウッと締まって、彼の欲望の形をはっきりと熱く感じる。強く締めつけられた方の俊吾は、切なげに息を吐いた。

「栞奈にのみ込まれそうだ」

言うなり俊吾は栞奈を抱えたまま、激しい抽挿を開始した。

「あっ、ああっ……俊吾さっ……激しっ……」

抱き上げられたまま体を揺さぶられ、淫らな水音がバスルームに響く。栞奈が体を張り詰めさせたのに気づいて、俊吾はさらに腰の動きを速めた。

「も、ダメ……ああっ、あ……ああっ！」

栞奈が甘い悲鳴を上げるのと同時に、体の奥で再び熱いものが弾けた。


そうしてバスルームでも熱い時間を過ごしたあと、朦朧《もうろう》としたままワンピースを着た栞奈は、俊吾に半ば強引に車に乗せられた。彼がリモコンで駐車場のシャッターを開けたときになって、ようやく我に返った。これから大切な顔合わせに行くというのに、身なりはぜんぜん整えられていない。

「あの、待ってください。私、メイクもちゃんとしてないし、髪の毛も洗いざらしなんです！」

栞奈は焦りながら俊吾に言った。彼はアクセルを踏みながらあっさりと言う。

「大丈夫。ホテルのヘアメイクサロンを予約してある」

「えっ、いつの間に？」

「先週、料亭を予約したときだ。栞奈にお姫さま気分を味わってもらいたくてね」

俊吾は涼しげな表情で答えた。

「それは……ありがとうございます……」

駐車場から出るとシャッターが下り、車がゆっくりと走り出した。

「俺としては、まだまだ栞奈を味わっていたかったんだが、さすがに予約に遅れたらまずいからな」

俊吾の言葉を聞いて、栞奈は口元をほころばせた。

(思い切って気持ちを伝えてよかった……。俊吾さんも私と同じ気持ちでいてくれたなんて……すごく嬉しい)

幸せな気持ちに包まれながら、窓の外に視線を向けた。土曜日の昼前とあって、交通量は多い。三十分ほどすると、大阪城の近くにあるラグジュアリーホテルに到着した。ヨーロッパの貴族の邸宅を思わせる優雅でクラシカルな外観だ。車寄せに駐車するやいなや、濃紺の制服を着たロマンスグレーのドアマンが、助手席のドアを開けてにこやかに声をかけてきた。

「連城さまでいらっしゃいますね。お待ちいたしておりました」

栞奈が戸惑いながら運転席を見ると、俊吾も同じように笑みを返す。

「今日もお世話になります」

ドアマンは車を見ただけで俊吾の車だとわかったらしい。

内心驚きながら、栞奈は車から降りた。俊吾が駐車係に車を預け、栞奈は俊吾と一緒に、ドアマンが開けてくれたドアからホテルに入る。ヘアメイクサロンは三階にあり、エスカレーターで上がった。サロンの店構えはおしゃれな美容室といった感じだが、待合室の調度品や照明に高級感がある。受付の女性の制服は、落ち着いたグレーのワンピースだ。

俊吾が名前を告げると、受付の女性は上品に微笑んだ。

「石川さま、お待ちしておりました。どうぞこちらへ」

栞奈は女性に続いて、サロンの中程にある個室に案内された。すぐ前には大きな鏡があり、そばには目を癒やすような観葉植物が飾られていた。どこかでアロマオイルを焚《た》いているらしく、ほんのりと爽やかな香りが漂っている。

受付の女性に代わって、上品なメイクと一筋の乱れもないサラサラヘアの女性スタッフが現れた。三十歳くらいだが、さすがにこのホテルに入っているサロンのスタッフらしく、物腰が上品だ。

「本日、石川さまを担当させていただきます山野《やまの》と申します」

「よろしくお願いします」

栞奈は鏡に映る山野に小さくお辞儀をした。

「お召し物が汚れませんように、ケープを掛けさせていただきますね」

山野は栞奈に白いケープを掛け、続いて栞奈の前髪と横の髪をクリップで留めた。

「背もたれを倒しますね」

山野の声がして、ゆっくりと椅子が倒された。続いて山野はクレンジング剤を手にとって、栞奈のメイクを落とし始める。マッサージをする柔らかな手の動きが気持ちよくて、ウトウトしてしまいそうだ。

山野はクレンジング剤をコットンで拭き取って、蒸しタオルで丁寧に顔全体を拭いた。化粧水と美容液、乳液などで肌を整えたあと、背もたれを元に戻した。鏡に映る栞奈の肌は、普段よりも瑞々しくふっくら張りがあるように見える。

(うわぁ……魔法みたい)

感動して鏡の中の自分の顔を見つめていたら、山野が栞奈に尋ねた。

「どのようなメイクにいたしましょうか？　このあと、ご両家さまのお顔合わせがあると伺いました」

栞奈は鏡の中の山野に視線を移した。

「そうなんです。ええと……好感度の高いメイクがいいんですけど……そんな抽象的なリクエストでも大丈夫でしょうか？」

「大丈夫ですよ。清楚《せいそ》な中にも適度な華やかさのある上品なメイクにいたしましょうか」

山野に言われて、栞奈は瞬きをした。

どのパーツも自己主張が乏しい地味な自分の顔に、華やかさなんて出るのだろうか。けれど、相手はプロだ。不安半分、期待半分で、栞奈は「お願いします」と答えた。

山野は壁際にあったワゴンを引き寄せた。一番上にはメイクボックスが置かれていて、二段目にはホットカーラーやブラシ、スプレーなど、美容院でよく見る道具がのってい た。メイクボックスには太さや形の違うたくさんのブラシやファンデーション、色味が微妙に異なるアイシャドウや口紅が、ぎっしりと入っている。さすがはメイクサロンだ。

「まずはメイクからさせていただきますね」

山野は栞奈の肌に下地クリームを薄くのばし、続いてリキッドファンデーションを塗った。肌の色むらが気になっていた部分には固形のコンシーラーをのせて、指できれいにぼかしていく。仕上げはナチュラルなパウダーだ。眉はペンシルとパウダーを使って、上品なアーチが形作られていく。

「アイシャドウはワンピースに合わせましょう」

そう言って、山野はアイホールに肌馴染《はだなじ》みのよいベージュをのせて、目の中央から目尻にブルーのアイシャドウを塗った。アイシャドウにブルーを使うのは初めてで、栞奈は不安でドキドキしながら鏡を見た。驚くことに目元に上品な透明感が出ていて、さらにつけまつげのおかげで、目がぱっちりと見える。憧れのバサバサまつげだ。そこに、ナチュラルピンクのチークと艶のあるピンク色のリップを塗って、メイクは完成だ。

「次はヘアアレンジをさせていただきます」

山野はホットカーラーを使って、栞奈の髪全体を緩やかにカールさせた。両サイドを緩く編み込んで、ハーフアップにアレンジする。

「いかがですか？」

山野がケープを外して、栞奈が座る椅子を正面に向けた。

「わぁ……」

栞奈の口から思わずため息が漏れた。上品な華やかさがあって、普段より大人っぽく見える。自分なのに自分じゃないようなこそばゆい気分だ。今朝、自分でがんばったメイクやヘアアレンジとは、まさしく雲泥の差。写真に撮って残しておきたいくらいである。

「こんなにきれいになれるなんて……嘘みたいです。ありがとうございます」

山野に促され、栞奈は椅子から下りて個室を出た。俊吾は受付横のソファに座っていたが、栞奈に気づいて立ち上がった。

「俊吾さん、お待たせしました」

俊吾がどんな反応をするのかドキドキしながら、栞奈は彼に近づいた。俊吾は目元を緩め、栞奈の耳元に唇を寄せる。

「きれいだ。世界中の人に自慢したいくらいだよ」

(ひゃあ！　俊吾さんにこんなふうに褒められるなんて！)

どんなにこらえようとしても、勝手に頬が緩んでしまう。もう踊り出したいくらい嬉しい。

会計は彼がすでに済ませてくれていたので、栞奈は山野に見送られてサロンを出た。俊吾は栞奈の手を握った左手を持ち上げて、腕時計を見る。

「そろそろ待ち合わせのラウンジに行こうか」

俊吾の言葉を聞いて、栞奈はさっきまでのふわふわした嬉しい気持ちが一転、全身に緊張が走った。先週、叔母に電話したときに言われた言葉が耳に蘇《よみがえ》る。

『お相手が栞奈ちゃんのことをずっと大切にしてくれる人かどうか、本当に栞奈ちゃんにふさわしい男性かどうか、叔母さんたちが見極めてあげる』

　見極めるとはどういうことなのか。まさか気に入らなければ反対するとか……？

　栞奈の手に力が入ったのに気づいて、俊吾は足を止めた。栞奈の右手を持ち上げて、手の甲にキスを落とす。

「心配するな。俺がついている」

「でも、私の叔母は……結構手強いと思います」

「どうしても緊張すると言うのなら、緊張を忘れるくらいのキスをしてあげようか」

　手の甲に唇を触れさせたまま、俊吾が上目で視線を投げた。その色気のある眼差しに、栞奈の心臓がドキンと跳ねる。

「朝、俺と過ごしたときと同じようなキスを」

　甘く低い声で囁かれて、午前中、彼と過ごした濃密な時間の記憶が一気に蘇った。頬を赤くして俊吾を見ると、彼がクスリと笑う。

「俺を好きでたまらないって顔をしてる。大丈夫、うまくいく。さあ、行こう」

　俊吾にギュッと手を握られ、その力強さに安心感を覚えながら、栞奈は俊吾と一緒にロビーにあるラウンジに向かった。カーペットの敷かれた古雅な雰囲気のラウンジに入ると、俊吾の計らいで昨晩からこのホテルに泊まっていた叔母夫婦が、奥のソファに座っていた。

「栞奈ちゃん」

叔母が気づいて手を振り、栞奈は叔母夫婦に近づいた。叔母は現在五十歳、叔父は五十五歳で、二人には三人の息子がいる。長男は栞奈の二歳年下で、叔父が社長を務める建築設計事務所で働いていると聞いた。次男と三男はまだ大学生のはずだ。

栞奈は二人に俊吾を紹介する。

「叔母さん、叔父さん、こちらが連城俊吾さんです。私の会社の上司で……副社長です」

「初めまして、連城です。遠いところをお越しいただき、ありがとうございます」

俊吾が礼儀正しくお辞儀をして、叔母が「まぁ……」とつぶやいた。栞奈の結婚相手が思ったよりもイケメンでステータスも高く、驚いているのかもしれない。

叔父が立ち上がって挨拶を返す。

「中津と申します。ホテルの部屋はとても快適でした。お心遣い感謝します」

叔父は黒縁の眼鏡をかけていて、以前と変わらず物静かで知的な印象だ。

「うちの両親も来たようですね」

俊吾がラウンジの入り口を見て言い、栞奈は緊張しながら彼の視線を追った。上品なアイボリーのスーツを着た小柄な女性と、グレーのスーツを着た背の高い男性がこちらに近づいてくる。二人とも六十歳を過ぎているはずだが、俊吾の母は髪を濃いブラウンに染めて、ラインのきれいなスーツを着ているのもあり、叔母と変わらないくらい若く見えた。キリッとした目元が俊吾に似ている気がする。対して父は落ち着いたスーツが似合うロマンスグレーの男性で、紳士という言葉がしっくりくるような風貌だ。

「母さん、こちらが石川栞奈さんだ」

栞奈は体を硬くしながら自己紹介をする。

「は、初めまして。石川栞奈と申します。よろしくお願いいたします」

栞奈は丁寧にお辞儀をし、続いて叔母夫婦を俊吾の両親に紹介した。

「では、全員揃いましたので、食事に行きましょうか」

俊吾が先頭に立ち、栞奈、彼の両親、栞奈の叔母夫婦の順にラウンジを出て、五階の料亭に移動する。

受付で俊吾が名前を告げ、テーブルの個室に案内された。壁には趣のある水墨画が掛けられ、モダンなテーブルの中央には花が生けられていた。俊吾と彼の両親が並んで座り、向かい合う席に栞奈と叔母夫婦が座る。

「本日はお忙しい中、私たちのためにお集まりくださり、ありがとうございました。どうぞごゆっくりお食事をお楽しみいただければと思います」

俊吾が挨拶をして、それを合図に食前酒が運ばれてきた。

「お飲み物はいかがなさいますか?」

着物姿の仲居に訊かれて、俊吾の父と栞奈の叔父は日本酒を注文した。運転する俊吾はウーロン茶を頼んでいる。

やがてドリンクとともに、最初の一品〝茄子《なす》のおひたしと長芋の梅ゼリーがけ〟が運ばれてきた。上品な味わいで、緊張しているのに喉をするりと通る。

「まあ、おいしい。梅がさっぱりしていて、この季節にちょうどいいわ」

俊吾の母が言った。それで口が軽くなったのか、にっこり微笑んで栞奈を見る。

「俊吾に『結婚したい女性がいる』と言われたときは、どんな派手なお嬢さんを連れてくるのかしらと不安になったのよ。今までが今まででしたからね」

「瑞恵《みずえ》、ゴシップ記事を鵜《う》のみにするなといつも言ってるだろう」

俊吾の父が低い声でたしなめたが、母は気にする様子もなく話を続ける。

「あら、私は喜んでるのよ。こんなにかわいらしいお嬢さんだったから。俊吾が苦労をかけるかもしれないけれど、どうかよろしくお願いしますね」

「いえ、私の方こそ……至らぬところが多々あるかと思いますが、どうぞよろしくお願いいたします」

栞奈は箸を置いてお辞儀をした。

今度は栞奈の叔母が栞奈に話しかける。

「ところで、結婚式はいつ頃を考えているの？」

「ええと……」

栞奈は口ごもった。入籍だけすればいいと思っていたので、結婚式のことは俊吾と話していなかった。叔母は今度は俊吾に話を振る。

「もちろん、盛大になさるんでしょう？　なにしろ俊吾さんは副社長ですものね」

「そのことだけど、叔母さん……」

栞奈が口を開いたとき、俊吾が言葉を差し挟む。

「今はできるだけ早く栞奈さんと一緒に暮らしたいので、先に入籍を済ませようと考えています。その後、栞奈さんの希望を踏まえて、挙式のことを考えたいと思っています」

叔母は不服そうな顔になる。

「あら。最近は結婚式より先に入籍したり、一緒に暮らしたりするそうだけど、やっぱり結婚式はきちんとしてもらいたいわ。私たちもだけど、栞奈ちゃんのご両親だって、栞奈ちゃんの花嫁姿を見たいはずだもの」

叔母の言葉に、俊吾の母が「そうね」と同調する。

「先に入籍しても構わないけれど、やはり世間さまにきちんとお披露目しなくてはね」

そこへ叔父が割って入る。

「まあまあ。それは本人たちに任せましょう。今時は二人だけで海外で挙式をするというスタイルもあるようですしね。俊吾さんたちなら、そういう式の方がかえって落ち着いて過ごせるかもしれませんよ」

叔父の助け船をありがたく思ったのも束の間、すぐに叔母が不満そうな声で反論する。

「二人だけで挙式なんてダメよ。私たちも呼んでもらわないと」

叔母の言葉を聞いて、栞奈は肩を落とした。叔母は、結婚の確たる証明である戸籍抄本だけでは納得できないらしい。

「結婚式についてはこれから栞奈さんとじっくり考えますね。そのときは叔母さまたちにも相談させてください」

　俊吾がにっこり笑って叔母に話しかけた。その笑みに叔母が頬を少し赤くして瞬きをする。

「そ、そうですね。そうしてください、ぜひ」

　そのとき次の料理、ハモの湯引きや湯葉、じゅんさいが入ったすまし汁が、続いて鮮魚の刺身が運ばれてきた。新鮮な食材や繊細な味付けの料理を楽しむうちに、雰囲気も和やかになってくる。

　栞奈がかわいらしい手まり寿司を口に運んだとき、俊吾の母が栞奈を見た。

「栞奈さんは俊吾と同じ会社にお勤めなのよね。現役時代の俊吾をご存じかしら？」

　栞奈は寿司を飲み込み、ウーロン茶を一口飲んで頷いた。

「はい」

「あら。じゃあ、俊吾が引退前はスペインでプレーしていたこともご存じ？」

「はい。八年前に怪我から復帰されたあとに、プリメーラ・ディビシオン所属チームに移籍されましたよね」

　プリメーラ・ディビシオンとはスペインの一部リーグのことだ。

　俊吾の母は箸を止めて話を続ける。

「でしたら、俊吾の所属チームが欧州チャンピオンに輝いたことも？」

「もちろん存じ上げております！　チームとしては、十五年ぶり三度目の決勝進出で、ようやく悲願が達成できたということで、スペインでも日本でも大きなニュースになっていました。俊吾さんのツーゴール・ワンアシストという大活躍が、優勝に大きく貢献したと思います！　あの左サイドの角度のないところからのシュートは、どんな名ゴールキーパーといえども、止められなかったと思いますっ」

つい熱が入って前のめりになり、気づいたときには俊吾の母が目を細めて栞奈を見ていた。

「詳しいのね。もしかして栞奈さんは俊吾のファンだったりするのかしら？」

上品な外見なのに俊吾の母は意外と視線が鋭い。じぃっと正面から見られて、栞奈はドキリとした。これでは、プロサッカー選手として活躍した俊吾のステータス目当てだと思われるかもしれない。

俊吾も少し目を見開いて、栞奈を見ている。

（やっちゃったぁ……）

けれど、ここまで詳しく語ったのなら、今さら取り繕っても無駄だろう。

栞奈は諦めて正直に答える。

「はい。大ファンでした。今でもファンです」

栞奈は一度視線を落とし、覚悟を決めて彼の母を見る。

「実は……私が俊吾さんのことを知ったのは、八年前なんです。それまではサッカーにぜんぜん興味がなかったんですけど……」

栞奈は両親が亡くなり祖母の家に引き取られたこと、祖母の家に引きこもっていたとき、俊吾が復帰したニュースを見たことなどを話した。

「そのときから……ずっとファンでした。ですので、こんなふうに俊吾さんとお付き合いできて、本当に幸せです」

話しているうちに胸がいっぱいになってきて、気づけば目に涙が浮かんでいた。栞奈の中で、〝ファンだ〟という言葉は〝恋してる〟と同義語だ。

「栞奈さんは本当に苦労なさったのね……」

俊吾の母がハンカチを出してそっと目頭を押さえたので、栞奈は慌てて明るい声を出す。

「あ、すみませんっ。なんか雰囲気を暗くしてしまって！」

「ううん、大丈夫。栞奈さんの本当の姿を知ることができてよかったわ。なにしろ俊吾ときたら、派手な女性と浮き名を流すばかりで……」

俊吾がゴホンと咳払《せきばら》いをした。

「母さん、ゴシップ記事で騒がれた相手は、ＣＭの打ち合わせやインタビューで会っただけだよ。話題作りのために彼女たちにリークされたんだ」

俊吾の父が言葉を挟む。

「私の言った通りだろう。俊吾はそんないいかげんな子じゃない」

「ごめんなさい」

俊吾の母がしゅんとなった。それを見かねたのか、俊吾はわざとおどけた口調で言う。

「いや、もう〝子ども〟って年齢でもないけどね」

栞奈の叔母がクスッと笑い、つられたように俊吾の母も微笑んだ。

「私、サッカーには詳しくないから、俊吾さんがそんなすごい方だったなんて知らなかったわ。栞奈ちゃん、とてもステキな人と巡り会ったのね」

叔母が感慨深げに言い、俊吾の母が謙遜する。

「いえいえ、至らぬところの多い息子です」

「私たちで二人を見守っていきましょう」

俊吾の父が話を締めくくるように言った。

「栞奈さん、よろしくお願いしますよ」

そう優しげに微笑みかけられ、栞奈は「こちらこそよろしくお願いいたします」と深く頭を下げた。

# 第九章　契約結婚はなかったことにしましょう。

最後は和やかに食事を終えて、その後、ラウンジに移動した。コーヒーを飲みながら、叔母夫婦はタクシーを、俊吾の両親は迎えの車を待った。なんと連城家には前川《まえかわ》という名の専属の運転手がいて、昨日も運転手に送られてホテルに来たのだという。

コーヒーカップをテーブルに戻した俊吾の母が、バッグからスマホを取り出した。

「あら、もう着いたみたい」

そのとき、ラウンジの入り口から一人の女性が入ってきた。サングラスをかけ、スタイルの良さがわかるライトグレーのタイトなツーピースを着ている。女性はまっすぐに歩いてきて、俊吾の両親が座るソファの横で足を止めた。

「伯母さま、伯父さま」

「まあ、里香子ちゃんじゃない。どうしたの？」

俊吾の母が驚いたように声を上げ、里香子はサングラスを外した。ツルの部分に金色のブランドロゴがついている。おそらくツーピースもハイヒールも同じハイブランドのものだろう。耳元では大きなダイヤモンドのピアスが輝いている。そのファッションに負けないくらい、里香子自身も垢抜《あかぬ》けていて華があった。

「今日は俊吾さんの未来のお嫁さんと会うって聞いて、私もどんな方かお会いしてみたかったの。それで、前川さんに頼んで乗せてきてもらったのよ」

「まあ、そうだったのね。こちらが俊吾の未来のお嫁さんよ。石川栞奈さんって言うの。かわいらしい方でしょう?」

　俊吾の母に紹介されて、栞奈はソファから立ち上がった。里香子のことは何度か見かけているが、話をするのは初めてである。会社の駐車場で俊吾に抱きしめられているのを見られたけれど、里香子は栞奈があのときの女性だと気づくだろうか。気づいて、なにか言われたらどうしよう……。

　けれど、そんな不安を気取られないよう、栞奈は明るい声を出す。

「石川栞奈と申します。よろしくお願いいたします」

　栞奈は続いて叔母夫婦を里香子に紹介した。

「こんにちは、連城里香子です」

　里香子は叔母夫婦に会釈をしたあと、ハイヒールを履いた長身をすっと伸ばし、十センチほど高い位置から栞奈を見下ろした。

「栞奈さん、よろしくね。ところで、栞奈さんはおいくつなの?」

「二十七歳です」

「そうなの?　もっとお若いかと思ってたわ。私には着られないような、かわいらしいワンピースを着ているから」

栞奈は子どもっぽいと言われているのだろうかと思ったが、里香子は目を細めてにっこりと笑った。

「それ、どこのショップで買ったの？」

里香子に訊かれて、栞奈はデパートに入っている比較的リーズナブルなブランドショップの名前を答えた。栞奈としてはかなりがんばって買ったワンピースだったけれど、ラグジュアリーブランドではない。

「ごめんなさい、聞いたことないわ」

里香子は小さく首を傾げてから、俊吾の両親に向き直った。

「伯母さま、伯父さま、帰る前に栞奈さんにお見せしたいものがあるんです。少し栞奈さんをお借りしても構いませんか？」

「あら、なにを見せたいの？」

俊吾の母が不思議そうに里香子を見た。

「パティオの噴水です。あ、もしかして、栞奈さん、見たことある？」

里香子に顔を向けられ、栞奈は首を横に振った。

「いいえ、このホテルに来たのは初めてですので……」

「そう思ったのよね。だから、ぜひ見せてあげたいわ。ね、いいでしょう、伯母さま？」

里香子は俊吾の母を見た。

「わかったわ。でも、里香子ちゃんも私たちと一緒に帰るんでしょう？」

「はい」

「前川さんに言って、あなたをご実家まで送ってもらうわね。待っているから、どうぞ行ってらっしゃい。里香子ちゃんと栞奈さんが仲良くなってくれたら、私も嬉《うれ》しいから」

「ありがとうございます、伯母さま！　私、栞奈さんとお話ししてみたいってずっと思ってたんです。だって、元プロサッカー選手で副社長の俊吾さんを射止めた人ですもの。さぞすばらしい女性なんだろうと思って。ファッションもメイクも趣味も、とっても気になります」

里香子がチラッと栞奈を見た。全身ハイブランドで固め、隙のないメイクで決めた彼女に言われて、栞奈は返答に困って曖昧に微笑んだ。

「俺も行こう」

俊吾が立ち上がろうとするのを、里香子が小さく両手を上げて止める。

「ダ～メ。俊吾さんは伯父さまと伯母さまを送って先に車に行ってて。女の子同士で話したいんだから」

里香子が栞奈の手を握ったので、栞奈は驚いて体をビクッとさせた。

「話をするなら手短に頼む。彼女も緊張して疲れているはずだ」

俊吾が栞奈を気遣って言った。

「わかったわ。じゃ、行きましょ、栞奈さん」

里香子が歩き出そうとしたとき、俊吾が栞奈の腕にそっと触れた。

「栞奈」

彼の表情は心配そうだ。

里香子は俊吾と結婚したがっていた。そんな彼女と二人きりになったら、なにを言われるか……。不安もあるけれど、俊吾への想いをはっきり伝えて、里香子に俊吾のことを諦めてもらうチャンスでもある。

「大丈夫です。噴水を見せてもらったら、すぐに戻ってきます」

栞奈は安心させるように俊吾に微笑んだ。

「こっちよ」

里香子が先に立って歩き出し、栞奈は彼女に続いた。里香子はラウンジを出て、エントランスとは逆方向に進む。廊下の中庭に面した側は窓が大きく、豊かな緑が見えた。ほどなくして大きな大理石の噴水が視界に入った。噴水の中央には、水瓶を持った美しい天使の像があって、水瓶からは水が勢いよく噴き出している。とても涼しげだ。

「きれいな噴水ですね」

栞奈が言ったとき、里香子は足を止めて、くるりと振り返った。栞奈と向き合って、斜め上から栞奈を見下ろす。里香子が美しい顔ですっと目を細め、威圧されているような気持ちになる。

「栞奈さん、俊吾さんとどのくらい夫婦でいるつもりなの?」

「えっ？」

どのくらい、という言葉を聞いて、栞奈は眉を寄せた。

「俊吾さんと私はね、子どもの頃からお互いが好きなの」

里香子は真剣な面持ちで言ったが、それが彼女の嘘《うそ》であることは俊吾から聞いて知っている。

栞奈は落ち着いた声を出す。

「俊吾さんから、里香子さんが五歳のときに従妹になったって聞きました。俊吾さんは里香子さんのことを、従妹として好きだと言ってましたよ」

「従妹として好き？　やっぱり俊吾さんはあなたに本当のことを話してなかったのね」

里香子はため息をついて、悲しそうな顔で続ける。

「俊吾さんは私との結婚を望んでいたんだけど、いとこ同士だという理由で、お互いの両親に反対されてきたの。今回、俊吾さんがあなたと結婚することにしたのは、私との関係をカムフラージュするためなのよ。一度結婚してうまくいかなければ、伯母さまたちだって、無理に俊吾さんをほかの女性と結婚させようとは思わなくなるでしょ？　あなたとの結婚は、私と俊吾さんが結婚するための計画の一部なの」

「そんなはずはありません」

栞奈が否定すると、里香子は哀れむような表情になった。

「かわいそうに。俊吾さんの言葉を鵜《う》のみにしたのね……。あなたを私たちの計画通りに動かすために、彼ったら期待させるような甘い言葉をたくさん言ったんでしょうね……。あなたみたいな女性にとったら、彼にプロポーズされるなんて夢のようだものね。でも、ごめんなさい。それは本当に夢よ。ただの幻想。私たちは本気なの」

「そんな話は信じられません」

「……そう。じゃあ、あなた、先週の金曜日の夜、彼がどこで誰とどんなふうに過ごしたのか、知ってる？」

里香子に問われて、栞奈はハッと息をのんだ。栞奈が先週、『日曜日までに一度会えませんか？』と訊いたとき、俊吾は金曜日は予定が入っていると言っていた。

栞奈の様子を見て、里香子の口元に小さく笑みが浮かぶ。

「知らないんでしょ？　私は知ってるわ。だって、私、その日の夜は彼と一緒に過ごしたんだもの。彼と待ち合わせるために会社に行ったとき、あなたともすれ違ったと思うけど」

その通りだった。確かにあの日、栞奈は会社のビルに入ってくる里香子とすれ違っている。

「まさか……でも、俊吾さんは……」

里香子に結婚を迫られて困っていると言っていたはずだ……。

自信を失い始めた栞奈に、里香子が畳みかける。

「その前の金曜日も彼と一緒だったのよ」

それは待合スペースで里香子を見かけた日だった。受付の女性は里香子のことを『前にも何度か来られたことがあって、いつもあんなふうに待ってらっしゃる』と言っていた。つまり、里香子はそれまでにも何度も俊吾を訪ねてきただけでなく、そのまま、夜を一緒に過ごしていたのか……。

栞奈は足元がグラグラ揺れている気がして、窓ガラスに手をついた。

愕然《がくぜん》とする栞奈を見て、里香子は申し訳なさそうに言う。

「俊吾さんはあなたに本当のことを話すつもりはないって言ってたんだけど……。あなたの嬉しそうな顔を見てたら、私、どうしても良心が痛んで……。でも、やっぱりあなたを傷つけてしまったわね。俊吾さんの言う通り、黙っておいた方がよかったんだわ。その方が、あなたも離婚を切り出されるまでは、平穏な結婚生活を送れたかもしれないのに……」

栞奈は胸元をギュッと押さえた。

（『好きだ』って……私に『とっくに溺れてる』って言ってくれたのに……）

けれど、今日、あんなふうに情熱的に栞奈を抱いたのだって、里香子とのことをカムフラージュするための偽装結婚を、完璧なものにするためだったのだ。〝冷徹〟の意味が、今やっとわかった。目的を達成するためには手段を選ばない。本心すら偽れる。それを〝冷徹〟と呼ばずして、なにを〝冷徹〟と言うのか。

里香子は栞奈の両手を握った。

「本当にごめんなさい。でも、俊吾さんのご両親の手前、私と俊吾さんのことは言わないでもらいたいの。あなただって叔母さまご夫婦をがっかりさせたくないでしょう？」

栞奈の目に映る里香子の姿が滲《にじ》んで見えた。里香子に泣き顔を見られたくなくて、栞奈は下唇を強く噛《か》んで涙をこらえる。

「言ったり……しません」

もとより半年で終わる関係だったのだ。本気になったらダメだと、あれほど自分に言い聞かせていたのに。

胸が引きちぎられそうに痛くて苦しい。だけど……これで家を守ることだけはできるのだ。友奈もベーカリーを続けられる。栞奈も今まで通り、祖母との思い出の残る家で暮らすことができる。

(それで……じゅうぶんじゃないの……)

栞奈は涙が零れないように上を向いた。

里香子は栞奈の手を離して言う。

「ごめんなさい。こんな残酷なこと、本当は言いたくなかったの。彼を好きになってしまう気持ちはよくわかるから……」

罪悪感に苦しんでいるような里香子の顔を見て、栞奈は黙って首を左右に振った。

「そろそろ行きましょうか」

里香子が言って、エントランスの方へと歩き出した。少し歩いて振り返り、栞奈を見る。

「みなさんを見送らないの？」

里香子に言われて、栞奈はぼんやりと歩き出した。エントランスが見えてきて、ドアの手前で待っていた俊吾の母が振り返った。姪《めい》とかりそめの義理の娘の姿を見て、にこにこしながら近づいてくる。

「お話は終わった？」

里香子は俊吾の母ににっこりと笑いかける。

「ええ、伯母さま。栞奈さんとは仲良くなれそうよ」

「まあ、それはよかったわ」

「それじゃ、行きましょうか。栞奈さん、またね」

俊吾の母は栞奈に笑いかけ、エントランスから外に出た。栞奈はトボトボと後に続く。外では黒塗りのリムジンが停車していた。リムジンなんて映画やテレビドラマの中でしか見たことがなく、俊吾の両親とは住む世界が違いすぎることを今さらながら痛感する。

俊吾の母がリムジンに乗ったあと、里香子はドアの横に立って俊吾に声をかけた。

「俊吾さんも乗るんでしょ？」

「いや、俺は自分の車で来てるから」

「だったら、私、俊吾さんと帰りたい」

里香子が俊吾に甘えるように言った。リムジンの中から俊吾の母が言う。

「そうね、それがいいわ。そうしたら、里香子ちゃんも栞奈さんともっとお話しできるものね」

初老の運転手の男性がドアを閉めようとするのを、俊吾は手で制した。

「里香子ちゃんも一緒に帰りなさい。俺は栞奈を送っていくから」

「その栞奈さんは反対しないと思うわよ」

里香子が栞奈を見たとき、叔母夫婦がエントランスから出てきた。二人は栞奈に歩み寄る。

「タクシーが着いたって教えてもらったの。私たちもおいとまするわ。これから母と姉のお墓参りをしようと思うの」

栞奈は里香子と俊吾のそばから逃れたくて、叔母のキャリーバッグに手をかけた。

「タクシー乗り場まで送ります」

「気を遣わなくていいのよ」

「いいえ、お見送りさせてください」

栞奈は叔母のキャリーバッグを引いて、先に歩き出した。叔母夫婦があとに続き、歩きながら叔母が栞奈に声をかける。

「栞奈ちゃん、いい人を見つけたわね」

「……ありがとうございます」

栞奈は前を向いたまま、押し殺した声を出した。タクシー乗り場に到着し、栞奈はキャリーバッグから手を離した。その手を叔母が両手でそっと包み込む。

「今回、半年以内に結婚しなければいけないことになって、あなたのことだから、友奈ちゃんのためを思って、無茶なことをするんじゃないかと心配してたの。でも、お相手の方がきちんとした人……ううん、すごくステキな方で本当によかったわ」

叔母が今にも泣き出しそうな顔をするので、栞奈は曖昧に微笑みながら、叔母から叔父へと視線を動かした。叔父はなにか迷うように目を動かし、叔母を見る。

「……もう言っても構わないか？」

「そうね。これ以上黙っておくのも苦しいわ」

叔母が低い声で答えた。

（いったいなんのこと？）

怪訝《けげん》に思う栞奈に、叔父がゆっくりと近づいた。

「あの遺言状の話はね……実は嘘《うそ》だったんだ」

「嘘？　嘘ってどういうことですか？」

驚いて栞奈の声が跳ね上がった。叔父は心苦しそうに表情を歪《ゆが》める。

「お義母《かあ》さん……栞奈ちゃんのおばあさんに、半年くらい前に頼まれたんだ。『栞奈は私たちのために人生を犠牲にしてる。私の世話や友奈の夢のために、女性としての自分の幸せを諦めているんだ。私が死んでも、責任感の強い栞奈は、住宅改装ローンを返済するために、仕事を優先するだろう。だから、栞奈のために一芝居打ってほしい』って。あの遺言状もおばあさんの案だった。ああすれば、きっと結婚相手を探そうとするだろうって。おばあさん、もう長くないって自分でわかってたみたいだ……」

「もし栞奈ちゃんにいいお相手が見つからなかったら、お見合い相手を紹介するよう、お母さんに頼まれてもいたの」

「そんな……」

栞奈はそれ以上の言葉を失った。叔母は栞奈の右手を優しく撫《な》でる。

「ごめんなさいね。母に頼まれたとはいえ、栞奈ちゃんに意地悪を言って。あの家を本当に売る気はなかったのよ。あなたが相続するのは当然のこと。ただ、あなたのご両親が亡くなったとき、主人の会社が経営難で生活が苦しくて……あなたたちを助けてあげることができなかった。だから、その分、栞奈ちゃんには幸せになってほしくて、少し無茶だとは思ったけど、母の頼みを聞くことにしたの」

「そんな……そんなことって……」

栞奈は呆然《ぼうぜん》としてつぶやいた。

叔母が本気であの家を売ろうとしていると思ったから、栞奈は俊吾に契約結婚を持ちかけたのだ。叔母が見つけたと思っている〝いいお相手〟は、嘘の結婚相手。偽装の婚約者。お互いの利害のために契約上の結婚をしようとして、叔母夫婦を騙《だま》した。そして、結局は祖母の期待をも裏切ったのだ。

罪悪感が一気に爆発して、苦しすぎて吐き気すら覚えた。

「本当は入籍が終わってから打ち明けようと思ってたんだけど……これ以上、嘘をつき続けるのも苦しくて……」

叔母はひっそりと笑みを浮かべた。

「お節介な叔父さんと叔母さんを許してくれ」

叔父に頭を下げられて、栞奈は首を左右に激しく振った。

「いいえ……いいえ。叔母さんたちはなにも悪くありません」

悪いのは自分だ。家を守ることだけに必死になって、契約結婚をしようとした自分だ。

「花嫁姿、見せてくれるのを楽しみにしているからね」

叔母はそう言って、栞奈の手を離した。タクシーの運転手に二人分のキャリーバッグをトランクに積んでもらい、後部座席に乗り込む。

「栞奈ちゃん、体に気をつけてお仕事がんばってね。友奈ちゃんにもよろしく伝えておいて」

ドアがバタンと閉まって、叔母が振り返って手を振るのが窓越しに見えた。タクシーが発車し、栞奈は車寄せに沿ってタクシーを追う。

（叔母さん、叔父さん……！）

タクシーの中で手を振る叔母の姿が小さくなっても、栞奈は歩道を走り続けた。やがてタクシーが角を曲がって見えなくなり、ゆっくりと足を止める。

叔父と叔母が本当に意地悪だったらよかったのに。だけど、そうじゃなかった。

この結婚はすべて嘘だ。みんなを騙しているだけ……。

栞奈はふらふらと歩き出した。橋を渡って、桜並木が続く川沿いの遊歩道を進む。

しばらくしてバッグの中でスマホが振動しているのに気づいた。取り出して見ると、俊吾から電話がかかっている。

栞奈は手の中で震え続けるスマホを見つめた。

きっと栞奈の姿が見えなくなったので、かけてきたのだろう。彼の両親の手前、恋人の身を案じる婚約者を演じて。

栞奈は電源を切ろうとして、思い直して手を止めた。もう限界だ。叔父と叔母は本当のことを話してくれたのに、このまま嘘の関係を続けて、友奈や叔母や叔父を……俊吾の両親を……騙し続けるなんてできない！

栞奈は通話ボタンをタップした。

「もしもし」

『栞奈、今どこにいる？』

焦ったような俊吾の声が聞こえてきた。本当に心配してくれているように聞こえて、胸がギュウッと苦しくなる。栞奈は一度深呼吸をして、努めて淡々とした声を出す。

「俊吾さん、私、好きな人ができました」

『なんだって？』

「だから、好きな人ができたんです。ですので、この契約結婚はなかったことにしてください」

『なぜ急にそんなことを言い出すんだ』

「それは……」

栞奈は口をつぐんだ。里香子から聞いたことを話していいものか迷った。けれど、彼の徹底した冷徹さを思えば、里香子の話をしたところで、うまく言いくるめられてしまうかもしれない。

「それはご自分の胸に訊いてください。とにかく私はもう俊吾さんと結婚できないんです」

『家はどうするんだ？　妹さんの店のことは？』

「家のことは心配していただかなくて大丈夫です。遺言状は祖母が作った偽物だったんです」

『どういうことだ？』

「祖母は私が女性としての幸せを諦めてるって思ったらしくて……」

栞奈は叔母と叔父に聞かされた話をかいつまんで説明した。

「だから、家が売られることはないんです」

『契約結婚をする必要がなくなったから、栞奈にとって俺はもう用済みというわけなのか』

返ってきた俊吾の声は、驚くほど低かった。

「ごめんなさい。でも、もうみんなを騙したくないんです。きっと叔母夫婦も、契約結婚をしようとした理由を説明すれば、理解してくれると思います」

『俺は納得できない』

俊吾の声は押し殺したような声だったが、なにかの激しい感情が滲んでいた。

「私だって納得できません」

『だったらなぜ』

里香子の話は持ち出さないでおこうと思っていたが、俊吾に契約結婚を諦めてもらうには話すしかなさそうだ。

栞奈は大きく息を吸い込んだ。

「……里香子さんから俊吾さんの本当の気持ちを聞きました」

電話の向こうで、俊吾が息をのむ気配があった。

「俊吾さんは本当は里香子さんと結婚したかったんでしょう？　だけど、いとこ同士だからってご両親に反対されたから、ひとまず私と結婚して離婚しようとしたんでしょ？　最
初からそう言ってくれてたらよかったのに。そうしたら私……こんなに……」


俊吾さんのことを好きにならなかったのに。ただの憧れで終わるように努力したのに。

視界が涙で滲み、栞奈はギュッと唇を噛みしめた。

『……ちょっと待て。里香子ちゃんがなにを言ったって？』
「何度も言わせないでください。一度結婚してうまくいかなければ、俊吾さんのお母さま
たちが、俊吾さんを無理に里香子さん以外の女性と結婚させようとしなくなるはずだって
考えたんでしょう？」

『里香子ちゃんが言った俺の〝本当の気持ち〟って……それ？』

俊吾の声がどこか拍子抜けしているように聞こえて、栞奈はカッとなる。

「そうです！　言い逃れしようったって無駄ですからねっ。俊吾さんと里香子さんが金曜日に待ち合わせてたことだって聞いたんですから！　私、会社で里香子さんを見かけましたよ。あのあと一緒に夜を過ごしたんですよね？　それなのに、今日、好きでもない私によくもあんなことができましたね！　私はっ……俊吾さんと心が通じ合ったんだって思って、すごく嬉しかったのにっ」

栞奈は怒りに任せて言葉をぶつけた。大きな声でまくし立てたせいで息が苦しく、肩で息をする。

『栞奈』

電話の向こうから、さっきとは打って変わって、静かな俊吾の声が聞こえてきた。

「なんですかっ」

『今どこにいる？』

「どこだっていいじゃないですかっ」

『よくない。契約結婚をやめるなら、指輪を返してもらいたい』

栞奈はハッとして左手の薬指を見た。大きなダイヤモンドが木漏れ日を浴びてキラキラと輝く。それをもらったときの夢のような時間を思い出して、栞奈は胸が締めつけられた。

でも、契約結婚を終わらせるなら、返さなければいけない。どのみち離婚するときには返すつもりだったのだから。

「わかりました」

『今どこだ？』

「川の遊歩道です。遊覧船乗り場のそば」

『近くに噴水はないか？』

俊吾に問われて、栞奈は辺りを見回した。右側が五段ほどの短い階段になっていて、その先に噴水があるのが見えた。

「あります」

『噴水横のベンチで待っててくれ』

「わかりました」

栞奈は通話を終了しようとしたが、俊吾の声が聞こえてきた。

『なあ、栞奈』

「はい？」

『今、俺はCCサッカースクールでコーチもやっているんだ』

「は？」

いきなり話を変えられて、栞奈は瞬きをした。

『スクールのコーチの一人が、俺の現役時代の先輩なんだ。先輩が今、盲腸で入院しているから、その間だけって頼まれて、先輩の代わりにスクールでコーチをしている』

「それで……昨日はジュニア杯でコーチをしてたんですね？」

栞奈は階段を上りながら言った。

『そうだ。先輩が戻ってくるまでの臨時コーチで、会社にも話は通してある。スクールに人が殺到したら困るから、大っぴらにはしていないが』

「それがどうかしたんですか？」

栞奈は俊吾の話の通り、噴水の横にベンチを見つけて、腰を下ろした。

『この三週間、木曜日と金曜日にCCサッカースクールでコーチをしていた』

「え？　金曜日は……」

里香子は俊吾と会ったと言っていたのに。

『栞奈が里香子ちゃんになにを言われたのか知らないが、彼女のことは本当にただの従妹としか思っていない。残念ながら、最近では迷惑な従妹だ。何度か会社に訪ねてきたから、そのたびにタクシーに乗せて家に帰していた。先週と先々週の金曜日にも、彼女から〝会社で待ってる〟とメールがあったが、彼女が会社に来たとき、俺はもう会社にいなかった。サッカースクールでコーチをしていたよ。スクールに問い合わせたらわかる』

里香子の話と俊吾の話、どちらが正しいのか。どちらを信じなければいけないのか。

栞奈は思わず右手を口に当てた。

『俺たちの関係は契約上の関係として始まった。褒められた関係じゃなかったかもしれないが、俺は一度として栞奈に嘘を言ったことはない』

栞奈はなにも言えず、俊吾の言葉に耳を傾ける。

『栞奈と知り合って、数日で結婚してもいいと思った理由を話したときのことを、覚えているかな?』

栞奈は記憶をたどって、植物園から帰って友奈と会ったあと、俊吾とした会話を思い出す。

私が女優のように美人だったり、ものすごい才女だったりしたら……周囲も納得してくれそうだ……。栞奈はそんなふうに話した。

『初めて頬にキスしたときの表情が忘れられなかった、上気した頬がとてもかわいかった、君のプレゼンが気に入った、一緒にいると飽きない、一緒にいると笑える。そう言った。あれは全部本当のことだ。栞奈と一緒にいると、笑えるんだ。楽しいって思える。もっともっと一緒にいたいって思うんだ。なにより、俺を一途に見つめてくれる瞳を、愛おしいと思っている』

「そんな……」

『さっきは里香子ちゃんがあまりにわがままを言うから、俺の本当の気持ちを伝えたんだ』

そのとき、俊吾の声が二重に聞こえた気がした。階段を上る靴音が聞こえて、栞奈はベンチから立ち上がる。それと同時に、最後の一段を上って俊吾が栞奈の前に現れた。彼の顔には淡い笑みが浮かんでいる。

「これ以上は電話じゃなくて、直接伝えたい」

俊吾は言って通話を終了し、スマホをポケットに入れた。

「栞奈」

俊吾はゆっくりと栞奈に近づいた。

栞奈はスマホをバッグに戻した。左手の薬指からエンゲージリングを抜こうとしたとき、俊吾が栞奈の左手を両手で握った。彼はそのままその場で片膝をつく。

「俊吾さん、なにを……」

驚く栞奈を俊吾はまっすぐに見上げた。強い意志の宿った真摯な瞳で。

「栞奈、愛してる。一生俺のそばにいてほしい」

「えっ……」

「これが俺の本当の気持ちだ。この指輪を贈ったときも、本当は一生はめていてほしいと願っていた。栞奈は便宜上のプロポーズだと思ったようだけど」

栞奈の目にじわじわと熱いものが浮かんで、目尻から滴となって零れた。

「でも、私……私……本当はものすごく重い女なんです。今日、八年前からあなたのファンだったってお義母さまに話したのは……本当です。ずっとずっと憧れていました。だから、俊吾さんに契約結婚をお願いしたんです。半年間だけでも一緒にいたかったから。私、そんな重い女なんです」

俊吾は栞奈の手を握ったまま立ち上がった。

「俺は重いとは思わない」

俊吾は右手を伸ばして、人差し指で栞奈の涙を拭った。

「ご両親と住んでた家の住所を教えてもらうために友奈さんを訪ねたとき、栞奈がどれだけ俺の熱烈なファンだったかってことを、友奈さんが教えてくれたよ。君が部屋にポスターを貼っていることも、ブルーレイや雑誌を買ってくれていたことも」

「え？　えええっ⁉」

あんなに必死で隠そうとしていたのに、すでに知られていたなんて！

恥ずかしさのあまり栞奈の顔が赤く染まる。

「栞奈がずっと俺を見てくれていたんだってわかって、嬉しかった。活躍したときだけじゃなく、怪我をして引退したときも、努力してＭＢＡを取ったときも、心に鎧《よろい》を着けて女性を寄せつけなくなったときの俺も」

「俊吾さん……」

「栞奈、返事を聞かせてくれないか」

俊吾が栞奈の左手をそっと撫でた。

「イエスです。私……私っ、一生俊吾さんのそばにいたいです。ずっとずっと俊吾さんのお嫁さんでいたいですっ」

「ありがとう」

俊吾は微笑み、栞奈の左手を持ち上げて、手の甲にそっとキスを落とした。日差しの中で見るダイヤモンドは、信じられないくらいまぶしく光り輝いている。

俊吾は栞奈の手を離して、両手で彼女の頬を包み込んだ。

「俺たちは本物の恋人同士で、婚約者で、夫婦になる」

「はい。これからもよろしくお願いします」

俊吾はふうっと息を吐き出した。ホッとしたように肩の力を抜いて横を向き、右手で前髪をくしゃりと握る。

「その指輪はもうずっと外すなよ。島本さんにも堂々と俺との関係を話していいんだからな」

「えーっと……？」

栞奈はチラッと俊吾を見上げた。目が合って、彼の頬骨の辺りがほのかに染まる。

「栞奈は俺だけのものだ。ほかの男には触れさせない」

俊吾は栞奈の腰に両手を回して、ぐいっと引き寄せた。

（もしかして今朝までずっと不機嫌だったのは、島本さんに嫉妬してたから……？）

胸がくすぐったくてたまらず、栞奈は俊吾に両手で抱きついた。

「俊吾さん、大好き」

「俺も大好きだ」

「私の方がずっとずっと大好きだったもん！」

「長さを持ち出されたら、勝てないな」

俊吾が笑って栞奈の髪にキスを落とした。

栞奈は嬉しくて嬉しくて、ただ笑みだけが零れた。

# 第十章　新婚生活が始まりました。

「新婦さま、どうぞ」

結婚式場の女性スタッフが栞奈に小声で合図を出し、白い扉が両側に開かれた。花で飾られたバージンロードが、ウエディングドレスの足元から祭壇へとまっすぐに伸びている。祭壇の背後にある十字架が飾られた大きな窓から、十月の明るい日差しが降り注いで、白いタキシード姿の俊吾がまぶしく見えた。

「行こうか」

右側に立つ叔父に声をかけられ、栞奈は頷《うなず》いた。重厚なパイプオルガンの音色が響く中、叔父の腕を取ってゆっくりと歩き出す。一歩、また一歩、愛する人に向かって。

「さあ、行きなさい」

祭壇の前に着くと、叔父が小声で言って栞奈を俊吾へと託した。薄いベール越しに俊吾の姿がぼんやりと見え、目が合って彼が軽く頷く。

新郎新婦が祭壇に上がり、牧師が挙式の開始を宣言した。参列者が賛美歌を歌い、厳かな空気の中、誓いの言葉を迎える。

「新郎・連城俊吾、あなたはここにいる新婦・石川栞奈を妻とし、富めるときも貧しきときも、病めるときも健やかなるときも、死が二人を分かつまで、愛し、敬い、ともに助け合い、命ある限り真心を尽くすことを誓いますか？」

「はい、誓います」

俊吾がゆっくりと、力強い声で答えた。牧師は頷き、栞奈に顔を向けた。牧師に同じように厳粛な口調で問われて、栞奈は気持ちを込めて答える。

「はい、誓います」

「では、この婚姻の誓約の目に見える印として、指輪の交換をします」

牧師の合図を受けて、牧師の元に指輪が運ばれてきた。栞奈は手袋を外してブーケと一緒にスタッフに預ける。

牧師が俊吾にプラチナの指輪を渡した。俊吾が栞奈と向き合い、栞奈は左手を彼の左手に預ける。ひんやりとした指輪が薬指の先に触れて、俊吾の手でゆっくりとはめられた。

シンプルなストレートラインのリングで、栞奈のものには中央にダイヤモンドが埋め込まれている。そのリングが永遠の約束として薬指にぴったりと収まった。

次は栞奈の番だ。栞奈はドキドキしながら指輪を受け取り、栞奈のものより一回り大きなそれを、俊吾の左手の薬指にそっとはめた。

指輪の交換を終えて、二人で牧師に向き直る。

「それでは、結婚証明書に署名をしていただきます」

牧師に促されて、俊吾が先に結婚証明書に署名をした。続いて栞奈も彼の名前の隣に自分の名前を書く。

「では、誓いのキスを交わしてください」

牧師に言葉をかけられ、栞奈は俊吾の方を向いて少し腰をかがめた。俊吾の手がベールにそっとかかり、持ち上げられて頭の後ろに下ろされる。それまで白くぼんやりしていた視界が急にひらけて、顔を上げるとタキシード姿の俊吾が目の前にいた。

表情を引き締め栞奈を見つめる彼は、いつにも増して凛々《りり》しく見えた。入籍して同居を始めて四ヵ月近くが経つが、やっぱり結婚式は特別だ。言葉にできない感動で胸が震えそうになる。

この大切な瞬間をしっかり記憶に刻みたくて、栞奈はまっすぐに俊吾を見た。俊吾がかすかに微笑み、目を伏せながらそっと顔を傾けて近づけてくる。つられるように目を閉じたとき、彼の柔らかな唇が栞奈の唇にそっと重なった。しっとりと触れ合った愛おしむように優しいキス。彼の唇が離れ、栞奈は照れながら彼を見た。

「ただいまお二人の結婚が成立しました」

牧師が高らかに宣言し、続いてオルガンの演奏に合わせて、賛美歌が斉唱された。

栞奈は幸福感に包まれて参列席を見た。式に参加しているのは親族と親しい友人だけで、四十人ほどだ。最前列にはかわいらしいピンクのワンピースを着た友奈、黒留袖姿の叔母、モーニングコート姿の叔父がいる。友奈は両親の、叔母は祖父母の写真が入った写

真立てを持っている。その後ろに並んでいるのは、大学時代や高校時代の友人だ。俊吾の方は彼の両親や里香子をはじめとする親族、友人、元チームメートの姿もある。俊吾の
オルガンの音色と参列者の拍手に送られながら、栞奈は俊吾の腕を取ってバージンロードを退場した。白い扉が背後で閉まり、ホッとしたのも束の間、次はチャペルの庭で参列者から祝福のフラワーシャワーを受けることになっている。

「どうぞこちらへ」

女性スタッフは栞奈たちを庭へと続く扉に先導した。一呼吸ののち、扉を開け放つ。緑豊かなガーデンには、さっき拍手で送り出してくれた叔父や叔母たち参列者の姿があった。

「栞奈、おめでとう！」

「俊吾、お幸せにな！」

次々と祝福の声がして、色とりどりの花弁が頭や肩に降り注ぐ。ネイビーのパーティドレス姿の里香子も、「栞奈さん、俊吾さん、おめでとう！」と声をかけてくれた。栞奈のブーケを凝視しながらではあるけれど。

「ありがとうございます」

爽やかな秋晴れの空の下、栞奈は俊吾の腕を取ってフラワーシャワーの中を進んだ。両側に並ぶ参列者の笑顔と温かな言葉に、みんなが心から祝ってくれているのだと感じる。胸がいっぱいで泣いてしまいそうだ。

「俊吾さん、どうしよう。すごく幸せ」

栞奈が潤んだ瞳で見上げたら、俊吾が栞奈に囁《ささや》いた。

「これからもっともっと幸せになろう」

「はい」

栞奈は俊吾の腕をギュッと握って、彼に寄り添った。


披露宴では、俊吾の立場を考えて会社の上司や同僚、後輩なども招待したため、招待客は二百人に膨らんだ。それでも、アットホームな雰囲気を出したくて、コース料理で出すパンは、栞奈を中心に、友奈たちに手伝ってもらって焼いたものだ。ケーキカットでは本物の大きなケーキを使い、入刀後、人数分にカットしてワゴンに乗せ、栞奈と俊吾がみんなのテーブルに運んだ。二百人に配るのはなかなか大変な作業だったが、そのおかげで一人ひとりと言葉を交わすことができた。

披露宴の最後に、お色直しで着替えた大人っぽいワインレッドのドレス姿で、栞奈は叔母と叔父に感謝の言葉を伝えた。そして、叔母と義母には花束を、叔父には栞奈の生まれ年の、義父には俊吾の生まれ年のワインとペアグラスを贈った。

「八年間、なにもしてあげられなくてごめんなさい」

披露宴の間中、ずっと目を潤ませていた叔母は、花束を受け取った瞬間、ついに泣き出した。

けれど、その八年間、叔父の会社が大変だったのだ。守るべき子どもが三人もいた叔母夫婦を、責めることなどできるはずもない。

「叔母さんたちのおかげで、俊吾さんと結ばれたようなものですから」

栞奈は叔母の肩をそっと撫《な》でた。

「栞奈ちゃんとバージンロードを歩けて光栄だった。栞奈ちゃん、どうかお幸せに」

そう言う叔父も感極まったような表情だ。

「ありがとうございます。幸せになります」

最後は叔母夫婦と俊吾の両親とともに、参列者やまだまだしゃべりたりない友人たちを見送って、人生の一大イベントの幕が下りた。

控え室として利用しているエグゼクティブスイートに戻り、ドレスから楽なワンピースに着替えてようやく二人きりになったときには、夜の八時を過ぎていた。

「やっぱり緊張したぁ」

栞奈はソファに崩れるように座った。

最上階にあるこの部屋は、南側と東側の壁が二面とも大きな窓になっていて、都会のきらびやかな夜景が望める。クリーム色の壁に柔らかなブラウンの家具や調度品がアクセントになっていて、温かで落ち着きのある部屋だ。ソファの前にあるオーバル型のテーブルには、大きな花籠が飾られていて、シャンパンとチョコレートも置かれていた。

俊吾は白いシャツと黒のスーツのズボンに着替えて、シャンパンを手に取った。ポンと小気味よい音をさせてコルクを抜き、シャンパンをグラスに注ぐ。

「お疲れさま」

俊吾は琹奈の隣に座って、琹奈にグラスを渡した。

「ありがとう。今日は一応、新しい門出ってことになるのかな？」

入籍してから四ヵ月後の結婚式だ。琹奈の問いかけに、俊吾は微笑む。

「やっぱりけじめはつくと思う」

「それじゃ、新しい門出に乾杯」

琹奈は俊吾とカチンとグラスを合わせた。シャンパンを口に含むと、ほんのりと甘い泡が弾けた。

俊吾が左手を琹奈の肩に回し、琹奈は彼の肩に頭をもたせかける。

「すごく幸せな結婚式だった。ありがとう」

「琹奈の夢は叶《かな》えられたかな？」

俊吾に問われて、琹奈は頷く。

「お母さんとお父さん、おばあちゃんとおじいちゃんにも見てもらえて、本当に嬉《うれ》しかった。それになにより、こうして俊吾さんの隣にいられてすごく幸せ」

俊吾は琹奈の肩から手を離し、琹奈に向き直ってその頬に触れた。そのまま髪を梳《す》くようにしながら、ゆっくりと後頭部に手を回す。

「俺の大切な花嫁さん、君を一生幸せにすると誓うよ」

俊吾の唇がそっと琹奈の唇に触れて離れた。

「私も……俊吾さんを幸せにしたい」

俊吾が栞奈の額に彼の額をコツンと当てた。

「栞奈がそばにいてくれたら、俺は幸せだ」

「俊吾さん……」

栞奈は目を潤ませながら、俊吾を見つめる。俊吾は持っていたグラスをテーブルに置き、栞奈の手からグラスを抜き取って同じように置いた。

「栞奈……」

俊吾は栞奈に口づけながら、ゆっくりと彼女をソファに押し倒した。栞奈はキスされるたびにほんのりと甘い香りを感じ、口元に笑みを浮かべる。

「シャンパンの香りがする……」

栞奈のつぶやきを聞いて、俊吾は目を細めて笑った。

「チョコレート、好きだったよな？」

俊吾は右手を伸ばして、テーブルの上から小さな長方形のチョコレートを一つ取った。

「一緒に食べよう」

俊吾は金色の包み紙を開けて、細長いチョコレートを唇に軽く挟んだ。そのまま目を伏せて栞奈に顔を近づける。そんな俊吾の色気のある表情にドキドキしながら、栞奈は小さく唇を開いた。唇の隙間から差し込まれたチョコレートが、栞奈の体温に触れてとろりと溶けていく。甘いのはチョコレートなのか、キスなのか。唇に触れる俊吾の温もりを感じながら、栞奈はうっとりと目を閉じた。

このまま彼の腕の中で……と思ったとき、いきなり部屋の電話が鳴り出した。

栞奈はビクッとして目を開けたが、俊吾はキスをやめない。それどころか、栞奈の背中を浮かせて、ファスナーに手をかける。

「俊吾さん、電話が……」

「新郎新婦の部屋にかけてくる無粋な電話なんて、無視すればいい」

それから数回コール音が鳴ったあと、電話は切れた。ホッとしたのも束の間、今度はバッグに入れっぱなしだった栞奈のスマホが軽快な音色を流す。

部屋の電話を鳴らした人物と同一人物からだとしたら、大切な用件を伝えたいのかもしれない。

「急用なのかも……」

栞奈が言い、俊吾はため息をついて体を起こした。栞奈の手を取ってソファから引き起こす。

栞奈はダイニングに急ぎ、椅子の上に置いていたバッグからスマホを取り出した。画面を見たら、里香子からの着信である。

「もしもし」

電話に応じると、里香子のハキハキした声が聞こえてきた。

『栞奈さん、早く二次会会場に来てよ！』

「あ、二次会があるんだった！」

なぜだか里香子が張り切って二次会を計画してくれていたことを、すっかり忘れていた。

栞奈はスピーカー部分を押さえながら、振り返って俊吾を見る。

「俊吾さん、二次会会場に来てって里香子さんが」

俊吾は「ああ」とつぶやき、栞奈の隣に並んだ。

「栞奈と里香子ちゃんが友達になったときは驚いたな」

「俊吾さんの従妹だから、仲良くできた方がいいでしょ。いろいろ言われたけど、反省して謝ってくれたし」

顔合わせのあと、俊吾に厳しく諭された里香子は、ようやく彼を諦めて態度を改めてくれた。それ以来、「大好きな従兄が大好きな人だから」という理由で、なぜか里香子に気に入られた栞奈は、ときどきランチやショッピングに誘われるようになった。最近では、里香子から『外見から高嶺《たかね》の花だと思われて、なかなかいい出会いがないの』といった相談まで受けている。商社勤務で英語が堪能な里香子はかなりアグレッシブで、たじたじとさせられるときもあるが、従姉妹としては良好な関係だと思う。

「だが、二次会の開始時間は九時だったはずだ。まだ一時間近くある」

俊吾は納得できないと言いたげな表情だ。栞奈はスマホを再び耳に当てる。

「ごめんなさい。今、着替え終わって一息ついてたところだったんです。もう少しゆっくりしてから行ってもいいですか？」

『ダメ！　今すぐ五階のレストランに来てよ！　私、栞奈さんと俊吾さんに紹介してほしい人がいるのっ』

「え？」

『ＯＳＫイレブンの参列者に、すっごくタイプの人がいるのよ！　合コンじゃ、私、ついガツガツ行って引かれちゃうから、今回は自分からアピールするのはやめておこうと思って。栞奈さんや俊吾さんの紹介だったら、相手も断りづらいと思うし。だから、お願～い。早く来てね！』

直後、通話が切れた。

俊吾への里香子の猛攻撃を思えば、苦笑するしかない。

俊吾に問われて、栞奈はスマホをバッグに戻しながら答える。

「どうした？」

「ＯＳＫイレブンの参列者に、すごく好みの人がいるんだって。私たちに紹介してほしいみたい」

俊吾も苦い笑みを浮かべる。

「それは……紹介していいものか悩むな」

「リードしてくれる女性がタイプの男性だったら、意外とうまくいくかも」

「そうかもしれないが、こんなに早く今日の主役が来たら、店だって困るだろう」

俊吾は栞奈をふわりと横向きに抱き上げた。

「俊吾さん？」

「この幸せにもう少し浸っていよう」

お姫さま抱っこをされたまま、奥のベッドルームへと運ばれる。キングサイズのベッドに寝かされ、俊吾のキスを受けているうちに、ふわふわと幸せな気持ちになる。

（二次会に遅れないようにしなくちゃね……）

そんなことを頭のごくごく片隅で思った。


結婚式の翌日、栞奈は俊吾とともに飛行機でスペインへと旅立った。新婚旅行ではスペインをレンタカーで巡る予定だ。

俊吾が所属していたクラブチームの本拠地があるマドリードでは、俊吾はずっとサングラスをかけていた。けれど、夕食を食べに入ったバルで、店主にスペイン語で連城俊吾か、と尋ねられた。

「エレス・トゥ・シュンゴ・レンジョー？」

俊吾は少し困ったような顔をしてサングラスを取り、スペイン語でなにか言った。店主は大きな笑顔になって頷き、続いてウィンクをした。

栞奈は隅の丸テーブルに着いたあと、俊吾に訊《き》く。

「店長さんになんて言ったの？」

「〝新婚旅行だから、二人きりにしてほしい〟って」

それでウィンクされたのかと栞奈は納得した。

ビールのほかに、タパスと呼ばれる小皿料理をいくつも頼んで、本場スペインの賑《にぎ》やかなバルの雰囲気を楽しむ。オリーブやチーズ、いろいろな種類の生ハム、マリネや揚げ物など、どれもビールの最高のおつまみだ。

俊吾のグラスが空になったとき、店主がビールをなみなみと注いだグラスを二つ持ってきた。そうして俊吾の肩を叩《たた》いて笑いながらなにか言った。

「店長さん、なんて？」

栞奈はタラのフリットを口に入れた。フリットはオリーブオイルで揚げられていて、独特の風味がある。

「〝あのチャンピオンズリーグ優勝をもたらしたツーゴール・ワンアシストは、今でも伝説だよ。シュンゴが来たことを本当はみんなに自慢したいが、特別に我慢するよ。これは俺からのお祝いだ〟って」

「やったぁ、店長さん、太っ腹！」

栞奈は自分のグラスを空けて、新しいグラスに手を伸ばした。

「そんなに飲んで大丈夫か？　飛行機の移動で疲れてない？」

俊吾は気遣ってくれたが、ファーストクラスでの旅はこれ以上ないくらい快適で、栞奈はいたって元気だ。なにより、俊吾が二年過ごしたスペインをよく知りたいという気持ちもある。

しかし、やはり疲れが出たようで、思ったよりも早く酔いが回ってきた。ホテルへの帰り道、栞奈は俊吾に抱えられるようにしながら歩く。スペインの夜空の下、赤やオレンジなど、さまざまな色の壁をしたバルがあちこちにあり、石畳の通り沿いに並んだテーブルでは、たくさんの人たちが食事を楽しみながら、おしゃべりに興じていた。辺りは熱気と喧噪《けんそう》とエネルギーが満ちていて、まさにエキゾチックだ。

「俊吾さんも夜はあんなふうに過ごしてたの？」

栞奈は俊吾に寄りかかりながら訊いた。

「たまにはな。普段はずっと練習か試合だ」

バルが並ぶ賑やかな通りを出てタクシーに乗り、ホテルに戻った。フロントで鍵をもらって、十階にあるスイートルームに上がる。都会のラグジュアリーホテルは、落ち着いたブラウンの壁紙とアンティーク調の調度品がおしゃれだ。

栞奈はすぐさま大きなベッドにダイブした。

「やっぱり飲み過ぎた～。もうダメ……」

ふかふかのベッドが気持ちよすぎて、まぶたが勝手に落ちてくる。

「俺のかわいい奥さん、今日は新婚旅行初日だが」

俊吾が隣に寝転び、ベッドがわずかに弾む。

「んー、ブエナス・ノチェス」

おやすみなさいとスペイン語で伝えると、俊吾がクスリと笑って、栞奈の首筋にキスを落とした。

「ドゥルセス・スエニョスなんて言うわけないだろ」

「……なにそれ？」

「ステキな夢をってことだ。絶対に寝かせないからな」

俊吾は言うなり、栞奈を抱き上げてバスルームに向かった。栞奈は睡魔に抗えず、半分寝ながら俊吾の首に手を回した。


翌日、日中はマドリードで美術館や王宮、大聖堂などを見学して過ごし、夜になって、俊吾が現役時代、同じクラブチームに所属していたゴールキーパーの家を訪ねた。引退後もずっと連絡を取り合っていたという彼は、フェルナンド・ロペスという名前だった。黒い髪を短く切りそろえていて肌は浅黒く、俊吾よりも背が高くていかつい印象だ。現在三十八歳の彼は、三年前に引退後、後輩の指導に当たっているという。フェルナンドは日本が大好きで、かなり上手に日本語を話せる。

「オラ！　俊吾ぉ！　結婚、おめでとう！」

俊吾に続いて栞奈までハグで迎えてくれるとは、さすがに情熱の国である。栞奈は戸惑いながらも礼を言った。

「ありがとうございます」

「こっちへどうぞ！」

フェルナンドは大きな手を振って、栞奈と俊吾をタイル敷きのテラスに通した。テラスは広く、白いガーデンテーブルにチェアやベンチが並び、たくさんの鉢に愛らしい花々やハーブなどが植えられていた。

フェルナンドの妻のマリアが夕食を用意してくれて、ガスパチョと呼ばれる冷製スープ、魚介のフリットやパエリアなどが振る舞われた。俊吾とフェルナンドが話すのを聞きながらおいしく食べているうちに、俊吾の元チームメートだという男性たちが次々にやってきた。

「オラ！　タント・ティエンポ！」

「コモ・エスタス？」

スペイン語で〝久しぶり！〟とか〝元気？〟とか俊吾に声をかけては、彼の背中を叩いたり、首に腕を回してじゃれたりしている。最初は手であしらっていた俊吾だったが、そのうち肩を組んで一緒に瓶ビールを飲みながら、談笑し始めた。スペイン語なので話の内容は栞奈にはまったくわからないが、ときどき男性陣から視線を向けられるので、たぶん栞奈のことが話題にされているのだろう。

「みんな、俊吾に会うの、楽しみにしてました」

フェルナンドが栞奈の隣の椅子に移動してきた。

「だけど、かわいい奥さん、放っておくなんて、俊吾よくないね」

栞奈は笑いながら顔の前で軽く手を振る。

「私は大丈夫ですよ。マリアさんの料理、とてもおいしいですし。それに、楽しそうにしている俊吾さんを見るのも楽しいです」

昔の仲間と語り合う俊吾は、会社にいるときとはぜんぜん違って、少年っぽさすら感じさせる。なんだか新鮮で、胸がキュンとする。

フェルナンドはエビのフリットをつまみながら、俊吾をチラッと見た。

「俊吾は今、副社長だそうですね」

「はい。私の上司です」

「スポーツウェアのメーカーだと聞きました。いつか俺たちのユニフォーム、作ってほしいと思いますね」

フェルナンドに言われて、栞奈は顔を輝かせる。

「そうなったら本当にステキ！」

実際にはそれはとても難しいことだと思ったが、実現したらきっと俊吾が張り切りそうだ。そんな楽しい想像をして笑ったとき、俊吾が後ろから左手を栞奈の肩に、右手をフェルナンドの肩にかけて、寄りかかってきた。

「フェルナンド、口説く相手を間違えてるぞ」

お酒には強い俊吾だったが、今日は珍しく酔っていて、頬が少し赤い。みんなにさんざん飲まされていたから、仕方ないだろう。

栞奈は俊吾の左手を軽く撫でて言う。

「フェルナンドさんは私を口説いてなんかいないよ。お話ししてただけ」

「栞奈は俺のものだってわかってる?」

俊吾が右手で栞奈の顎をつまんだので、あちこちから「ベーサ、ベーサ!」という声が上がった。雰囲気から、キスしろと囃《はや》しているのだとわかる。お酒のせいか、それとも新婚旅行先という解放感のせいか、いつにも増して色気のある俊吾の顔が近づいてきた。ドキッとした直後、彼の唇が栞奈の唇に重なる。ただ触れるだけだと思っていたのに、俊吾はキスをやめない。唇を味わうような甘いキスに変わり、栞奈の後頭部に俊吾の手が回され、みんなが囃す声や指笛が部屋中に響いて――。

「俊吾さんのバカー!」

栞奈は恥ずかしさのあまり、彼の胸を両手で押しやった。


翌日はレンタカーでアンダルシア地方に向かって出発した。グラナダのアルハンブラ宮殿内に宿泊する予定である。宮殿に泊まるなんてどういうこと? と思ったが、アルハンブラ宮殿の旧修道院が、歴史的建造物をリノベーションしてホテルにしたパラドールと呼ばれるホテルチェーンになっているのだそうだ。

賑やかなマドリードを出ると、そのうちにのどかな景色が広がり始めた。石造りの低い建物が見えなくなり、濃い緑色の木が植わった畑が、どこまでもどこまでも広がっている。まるで緑の大海原だ。

「もしかして……オリーブ畑!?」

栞奈は助手席の窓に——といってもスペインなので右側の窓に——張りつくようにして、外を眺めた。流れるような景色に目をこらすと、細長い葉を茂らせ、丸い緑の実をぎっしりと実らせているのが見える。

「そろそろ収穫の時期だな」

運転席から俊吾の声が聞こえてきた。

「スペインってオリーブオイルの生産量が世界一位なんだよね？」

「よく知ってるな。イタリアやギリシャだと思っている人もいるみたいだが。アンダルシアはオリーブの生産で有名だ。品質もいいしね」

「あー、絶対買って帰りたい！　日本でも売ってるけど、やっぱり本場で買いたい！」

俊吾がクスッと笑う声が聞こえて、栞奈は肩の力を抜いた。

新婚旅行初日は栞奈がお酒を飲み過ぎた。二日目は俊吾が元チームメートに飲まされて潰れた。どちらの夜も大きなベッドに、文字通りただ並んで寝たのである。そんなふうに夜を過ごしたのは初めてで、今日はお互い、朝からなんとなく気まずかったのだ。

自然に話せるようになってホッとしながら、栞奈は俊吾の方を見た。ハンドルを握る横顔が、栞奈の視線を感じて微笑む。

「パラドール、楽しみだね」

「そうだな」

俊吾が右手を伸ばして、栞奈の左手に軽く触れた。

やがて丘陵地帯に白い壁とテラコッタ色の屋根の建物が密集する都市、グラナダが見えてきた。思ったよりも賑やかで交通量の多い市街地を抜けて、イスラム建築の最高傑作と名高いアルハンブラ宮殿に向かう。細い小道の坂を上って、今夜宿泊するパラドール・デ・グラナダに到着した。車を降りて、緑の庭に囲まれたモザイクタイルのアプローチを進む。モザイクの柄が簡素なのは、ここが元修道院だからだろうか。

チェックインして入ったスイートルームは、都会のホテルとは雰囲気がぜんぜん違った。白い壁と大きな四角い窓が印象的で、窓にはイスラム風の装飾が施されている。

「レストランの予約時間まで、まだ少しあるから、中を見て回ろうか」

俊吾に誘われて、まずはパンフレットなどでも取り上げられている元修道院の回廊に向かった。柱の上部はアーチ型で、足元はタイルになっている。パティオの中央には噴水があって、水の音がする以外、静寂に包まれていた。

テラコッタ色の建物はどこか哀愁を感じさせ、情熱の国と呼ばれるスペインの違った一面に触れた気がする。

予約の時間になって入ったレストランでは、パエリアに似たアロース・カルドッソや、牛テールをトマトなどのソースで煮込んだラボ・デ・トロなど、アンダルシア地方の料理を、カヴァと呼ばれるスペインのスパークリングワインと一緒に楽しんだ。

「ラボ・デ・トロ、お肉がトロトロでおいしかった！」

栞奈は気持ちのいいほろ酔い気分で、俊吾と一緒に夜のアルハンブラ宮殿を散策した。ライトアップは控えめで、辺りはひっそりと静まりかえっていて、夜のアルハンブラ宮殿は幻想的だ。

「昔の修道士もこの景色を見てたんだよね」

栞奈がつぶやくと、俊吾が彼女の肩を抱いて引き寄せた。

「そうかもしれないな」

「この修道院は十五世紀に建てられたんだっけ？」

「ああ」

この場所では信じられないくらい長い時間が流れているのだ。

「こんなに長い間、変わらずに存在し続けるってすごい……」

「俺も絶対に変わらないものを持っている」

栞奈は俊吾を見上げた。彼は右手で自分の左胸を軽く叩く。

「ここに。栞奈への想いは永遠に変わらない」

「俊吾さん……」

俊吾の目が優しく細められた。

「昨日は……すまなかった」

「ううん、私の方こそ。みんなの前で俊吾さんに恥をかかせちゃった……」

新婚の夫婦で情熱の国に来ているのに、夫からキスされて「バカ」と叫ぶなんて。

「恥をかかされたとは思っていない。俺が……やりすぎた。栞奈をみんなに自慢したくてね」

「自慢?」

栞奈は目をぱちくりさせた。俊吾は頬をわずかに赤くして頷く。

「こんなにかわいい女性と結婚して幸せだって伝えたかった。怪我をしてチームを去ったから」

静かに語る俊吾の言葉を聞いて、栞奈はハッとした。

そうだった。俊吾は怪我をして引退したのだった。また手術をして長いリハビリを経て復帰するとしても、その間、どれだけの迷惑をチームにかけることになるのか? 復帰したとして、それまでと同じプレーをできるようになるのか? そうして悩みに悩んで下した苦渋の決断だったはずだ。

同じプロサッカー選手だったチームメートは、きっとそれをすべてわかっていたに違いない。一緒に戦い、あれだけの絆《きずな》で結ばれているチームメートが、俊吾のその後を心配していないはずはない。

栞奈は胸がいっぱいになって、俊吾の左腕に自分の右腕を絡めた。

「ね、みんなに絵葉書を送ろう! 私たち、こんなにスペイン旅行を満喫してます、幸せですって伝えよう」

栞奈が俊吾の顔を見たら、彼は目元を緩めた。

「さすがは俺の自慢の奥さん。いいアイデアだ」

「ホントにそう思う？」

「ああ」

俊吾が穏やかな表情で頷いてくれたのが嬉しくて、栞奈は背伸びをして、彼の唇にチュッと口づけた。

「今すぐベッドに連れていきたくなるだろ」

俊吾が照れを隠すようにぶっきらぼうに言った。

「ん、連れてってほしい」

栞奈が頬を染めながら言うのを見て、俊吾の瞳に熱情が滲《にじ》む。

「そうやって俺を煽《あお》って……夜のアルハンブラ宮殿をもっと見たかったって、あとになって言っても知らないからな」

「言わないよ」

栞奈はますます頬を赤くして、俊吾を見上げた。

――そんな二人が残りの日程で、これ以上ないくらい濃密で充実した時間を過ごしたのは、言うまでもない。

# 第十一章　最強の極上旦那さまになりました。

今日は新婚旅行から帰って初出勤の水曜日。結婚式を終えてから初めての出社だが、入籍後に名字を変えているので、とくになにも変わった気はしない。入籍後から、連城が二人になるので、「栞奈ちゃん」「栞奈さん」と呼ばれるようになったが、それにもすっかり慣れている。

「披露宴に来ていただき、また長いお休みをくださって、ありがとうございました。これ、スペインのお土産です」

栞奈はバルセロナに本店がある王室御用達ブランドのチョコレートと、タラセアと呼ばれるスペイン伝統の寄木細工のコースターを、企画部の全員に配った。

「わー、ありがとう。ステキな寄木細工だね」

祥子がコースターを手にとって眺めながら言った。

「グラナダの名産みたいです」

「情熱の国、スペインかぁ！　私も行ってみた〜い。っていうか、一緒に新婚旅行に行ってくれるステキな旦那さまが欲し〜い！」

祥子はうっとりとした表情で言った。

そのときオフィスのドアが勢いよく開き、早めに出社していた藤原課長が急ぎ足で入ってきた。藤原は栞奈を見てホッとした表情をする。

「ああ、よかった！　栞奈ちゃん、もう来てた！」

「おはようございます、課長。なにかあったんですか？」

藤原は息を整えてから口を開く。

「いやー、それがね、プロモの撮影に来ている俳優が、企画部で一番若い女の子を出せってゴネててさー」

「は？　一番若い女の子!?　なにその言い方。内面おっさんか！　イケメンなのにヤな感じ～」

祥子は顔をしかめた。

「企画部の担当者が、僕みたいなおじさんじゃ不満らしい。すまないが、栞奈ちゃん、一緒に来てくれないかな～」

栞奈は戸惑いながら答える。

「一番若いって言っても……二十七歳ですけど、構いませんか？　二十代前半とか期待されてたら、余計ややこしいことになりそうですけど」

「大丈夫、大丈夫。彼の方が二歳年上だし。それに、栞奈ちゃん、背は高いけど童顔だから、きっとごまかせる」

「えー……」

藤原の言葉は喜んでいいのかどうか微妙だ。

「栞奈ちゃん、急いで」

藤原に急かされ、栞奈は藤原と一緒にエレベーターで一階に下りた。本社ビルを出て、敷地内にある天然芝のコートに向かった。そこは就業時間外には社の運動部が使用しているが、普段は主にサッカーやフットサルのウェアやスパイクなどのテストに使われる場所だ。プロモーションビデオの撮影も、これまでに何度か行われている。

コートの外には黒いスーツ姿の俊吾がいて、撮影会社の女性となにか話していた。三十代前半のその女性の顔は上気していて、今にもとろけそうな表情だ。俊吾が笑顔で応じているのが、取引先の社員だからだとわかっていても、おもしろくない。

栞奈は頬を膨らませながら、そばを通り抜けた。

「お待たせして、すみませんねぇ」

藤原がぺこぺこお辞儀をしながらコートに入り、栞奈も課長に続いた。

コート脇のパラソルの下にガーデンチェアが置かれていて、二枚目のイケメンが座っていた。つい最近、恋愛ドラマに恋敵役で出ていた新森啓《しんもりけい》で、今回、新作のサッカーウェアのプロモーションビデオに出演してもらうことになっている。そんな彼だが、今はパーカーとジャージというラフな格好で、ふて腐れたような顔をしていた。

先月号の女性ファッション誌では、好感度が高い爽やかイケメン男子ランキングで、上位に来ていたはずなのに。

栞奈は内心疑問に思いながら、新森に近づいた。

「お待たせしました。企画部の連城と申します。なにか不備がございましたでしょうか？」

栞奈は新森に愛想よく笑いかけた。

「ああ、不備も不備だね。こんなおっさんばっかりのむさ苦しい撮影現場は初めてだ」

新森は気怠げに首を動かして、撮影スタッフを示した。確かに、俊吾と談笑していた女性スタッフを除けば、関係者は全員男性である。

「恋愛ドラマなら、きっと女優さんもたくさんいらっしゃるんでしょうね。本日は弊社の新作サッカーウェアのプロモーションビデオにご出演いただき、ありがとうございます。こちらが新作のプラクティスシャツになります。クールなデザインが、新森さんにお似合いかと」

栞奈はテーブルに無造作に投げ出されていたプラクティスシャツを取り上げた。同じ企画部の男性社員が一生懸命デザインしたシャツだ。それをこんなふうに放り出されて腹立ちを覚えたが、ここは耐えて笑顔をキープする。

「あっそ。じゃあ、君が着替えさせて」

新森がチェアにふんぞり返って栞奈を見上げた。

「はい？」

栞奈は思わず瞬きをした。新森は顔をしかめる。

「『はい？』じゃないよ。これだから素人は困るんだよね。俺、いつもマネージャーに着替えさせてもらってんの。俺クラスになると、自分では着替えないもんなんだよ。まー、君なんて、たいして若くもないし、ぜんぜん俺の好みじゃないけど、君で我慢しといてやるよ。だから、ほら、早く」

栞奈はそばで控えているマネージャーと思しき細身の男性をチラッと見た。栞奈より少し年下くらいで、おどおどとしている。

「すみません、お手伝いしていただけますか？」

栞奈がマネージャーに声をかけると、マネージャーは新森の顔色を窺うように見た。

新森はマネージャーに向かって、鬱陶しそうに右手を振った。

「おまえはいい。俺はこの〝連城〟って子に着替えさせてもらいたいの」

栞奈はため息をつきたくなったが、どうにかこらえた。

なんてわがままな俳優だろう。けれど、万が一体に触れてしまって、セクハラだとかクレームをつけられても困る。栞奈がどうしようか迷って藤原を見たとき、背後から低い男性の声がした。

「なるほど、ご用命とあらば、手をお貸ししましょう」

「えっ」

栞奈が驚いて振り返ると、いつの間に来たのか、俊吾の姿があった。

「しゅ」

俊吾さん、と言いかけて、栞奈は慌てて口をつぐんだ。

「こちらが今回着ていただくウェアです。どうぞ」

俊吾は栞奈の手からウェアを取って新森に差し出した。

「なんだよ、あんた。俺はそっちの女の子に着替えさせてほしいんだ」

新森が栞奈を顎で示し、俊吾は栞奈がびっくりするほどにっこりと笑って言う。

「副社長の〝連城〟です。私が手を貸します」

「しつこいな。男は嫌だって言ってんだろ」

新森はぞんざいな口調で言ってから、なにか思いついたのかニヤッと笑った。

「だったら、勝負しよう」

「は？」

俊吾は少し首を傾げて新森を見た。新森は立ち上がって、撮影で使う予定のサッカーボールに軽く右足を乗せる。

「俺からボールを奪えたら、自分で着替えてプロモーションにも出てやる」

マネージャーが慌てたように口を挟む。

「し、新森さん、この方は――」

「おまえは黙ってろ！　俺はガキの頃からサッカーやってて、Ｊリーグからスカウトが来たくらいなんだぞ！　その俺の機嫌を損ねない方がいいってことを、デスクワークしか能のないおっさん連中にわからせてやるっ」

（おっさん⁉　まさかそこに俊吾さんを含めてないよねっ⁉）

さすがの栞奈もムッとしたが、新森は構うことなく人差し指を俊吾の顔に突きつけた。

「俺と勝負しろ」

「さすがにそれは」

俊吾は苦笑したが、新森は頑として言い張る。

「俺と勝負しろ。負けたら土下座して謝れ」

「それはいくらなんでも――」

藤原は言葉を挟みかけて新森に睨《にら》まれ、口をつぐんだ。

新森がどの程度の実力なのかはわからないが、俊吾に勝負を挑むとは、よっぽど自信があるのだろう。

栞奈は心配になって俊吾を見た。彼は元プロサッカー選手とはいえ、足を怪我して引退している。栞奈は俊吾に小声で話しかけた。

「俊吾さん、私が彼に手を貸して着替えてもらいますから」

俊吾は栞奈の耳元に唇を寄せた。

「栞奈がほかの男に触れるのを、俺が許すわけないだろ」

そう言ってニヤッと笑った。その不敵な笑みに、栞奈の心臓がドキンと跳ねる。こんな緊迫した状況なのに、キャーッと黄色い悲鳴を上げたいくらいだ。

俊吾はジャケットを脱ぎ、襟元に指を入れてネクタイをシュルリと解いた。

「持っててくれ」

「はい」

栞奈は俊吾のジャケットとネクタイを預かった。

「ゴールが必要だよな」

新森はコートを見回して、左側にある大きなパネルを指差した。それは、シミュレーションの計測値を表示するパソコンのモニタのようなものだ。

「ちょうどいい。あれに向かってシュートをするからな。割れても知らないぞ。本気で止めに来い！」

言うやいなや、新森はボールを蹴りながら走り出した。

「冗談だよね？　いくらなんでもそんなこと……」

隣で藤原が困惑した声を出した。

新森はと言えば、大口を叩《たた》くだけあって、ドリブルはなかなかさまになっている。

「ほら、早くしないとパネルが――」

新森が嘲笑うように言った直後、栞奈の目の前から俊吾の姿が消えた。かと思ったら、コートを半分くらい走っていた新森の前に回り込み、うまく体を入れてあっさりとボールを奪った。そしてそのまま軽くドリブルをして振り返り、足の甲でボールをちょんと蹴り上げて、額にのせる。そのままバランスを取って、ころんと右手の上に落とした。それを足元に置く。

一線を退いても俊吾は俊吾だ。

（さすがは世界の俊吾さん！　いや、今は私だけの俊吾さんだけど！　心配する必要なんてなかったんだな～）

栞奈は誇らしい思いで俊吾に熱い視線を送る。

「なっ」

新森は立ちすくんだまま、顔を真っ赤にして怒鳴った。

「今のはちょっと油断しただけだ！　デスクワークしかしてないおっさんだと思って、手加減してやったんだよっ」

油断なのか手加減なのかいったいどっちなのか。栞奈は新森を見てただただ呆《あき》れた。

「くそっ」

新森は猛然とダッシュし、俊吾に向かっていきなりスライディングをしかけた。あまりの勢いで足を狙われ、栞奈は悲鳴を上げる。

「ダメッ！　俊吾さんは足を――」

けれど、俊吾は新森をかわすように軽くジャンプをしながら、ボールを足で挟んでかかとで蹴り上げた。ふわりと浮いたボールは、大きな弧を描いて俊吾の頭上も新森も越える。それが落下する瞬間、俊吾は追いついてボールを足でキープした。

「なっ……ダブルヒールリフトだと⁉」

新森がスライディングをした体勢のまま、首をねじって呆然《ぼうぜん》と俊吾を見た。

栞奈は思わず感嘆のため息をついた。見事なダブルヒールリフト。まさに神業、極上のフェイントだ。

（きゃー、俊吾さ～ん！）

ただのファンに戻って、栞奈は心の中で声援を送る。

「し、新森さん、この方は……」

マネージャーがバタバタと新森に駆け寄った。

「あ？」

マネージャーが新森の耳になにか囁《ささや》き、直後、新森が真っ青になる。

「マ、マジか？　連城ってあの連城⁉」

「は、はい」

新森はよろよろと立ち上がった。俊吾はボールをちょんと蹴り上げ、右手に落とした。

そしてゆっくりと新森に近づく。

「まずは一人の大人として、対応していただきましょうか」

「なんだよ」

新森がふて腐れた顔になる。俊吾は栞奈に視線を向けた。

「彼女に失礼な態度を取ったという自覚はおありですか？」

俊吾に言われて、新森は俊吾から栞奈へと視線を移した。

「彼女って……待てよ。確か連城って名乗ってたよな」

新森は俊吾に視線を戻し、彼の左手の薬指を見て、ニヤッと笑った。

「へぇー、意外だなぁ。あの連城俊吾が結婚してたなんて。ねえ、リークしちゃっていい？　会社にマスコミが押し寄せてきて、大変なことになるかもしんないけど。彼女なんかインタビューの嵐だろうなぁ。見たところ一般人っぽいし、大変だろうな」

俊吾はため息をついて、マネージャーの方を向いた。

「申し訳ないが、今回のプロモーションビデオの件は白紙に戻してもらいましょう。弊社と御社の間に信頼関係が成立しない以上、今回の企画を進めるのは難しい。違約金の問題は弁護士を通して解決することにしましょう」

「ええっ」

マネージャーが驚いた声を上げ、新森が俊吾に食ってかかる。

「おい、なに言ってんだよ！　あんた、俺の話を聞いてたのか？」

俊吾はじろりと新森を見る。

「マスコミが来た場合、こちらとしましては、今回の経緯をお話しせざるをえないでしょうね。あなたが弊社の社員にどのような態度を取ったか。サッカー少年だったことを売りにされているあなたが、弊社の施設でどんなことをしようとしたか、どんな目に遭ったか」

新森はぐっと言葉に詰まった。マネージャーが慌てて彼に囁く。

「新森さん、謝った方がいいですよ！　今回の非は完全にこちらにありますから！　この仕事だって、あなたのためだと思って、僕、一生懸命交渉して……」

新森はギリギリと歯ぎしりをしていたが、俊吾を見て彼の鋭い視線にぶつかり、頬を膨らませた。

「さーせんしたー」

明らかにやる気のない声で言って、おざなりに頭を下げた。もうすぐ三十歳になろうかというこの男は、このまま人生を渡っていく気なのだろうか。

栞奈はこれ見よがしに大きなため息をつく。

「あーあー、ホ～ントがっかり」

「え？」

全員の視線が栞奈に集まった。栞奈は柄じゃないなと思いながらも、わざとかわいらしい口調で話す。

「一生懸命デザインしたこのウェアを新森啓さんが……あの新森啓さんが着てくれるんだって、すっごく嬉しかったのにぃー。新森さんにお会いできるんだ～ってみんなに自慢しちゃったから、あとでみんなに感想訊《き》かれちゃうだろうなぁ。なんて答えよう～。ホントのことを話したら、みんな私以上にショックを受けちゃいそう。デザインを担当した社員や、試作品を作ってくれた人たち、プロモーションの準備をしてくれたスタッフたち……今回のプロジェクトはみんなの努力の結晶なのに……」

栞奈はほぅっと切なげにため息をついた。俊吾が強い口調で、けれど静かに言う。

「うちの社員がこのウェアにかけた情熱は、君が役作りにかける情熱になんら劣らないはずです」

新森はハッとしたような表情になり、下唇をギュッと噛《か》んだ。しばらくそうしてうつむいていたが、やがて恥ずかしそうにしながら赤く染まった顔を上げた。そして、ゆっくりと俊吾と栞奈を見て言う。

「申し訳……ありませんでした。思い上がっていた自分が情けないし、恥ずかしいです。今回の仕事、きちんとやりますので、もう一度チャンスをください」

そう言って深々と頭を下げた。マネージャーは新森のしおらしい様子に一瞬驚いた顔を見せたが、すぐさま隣で同じように頭を垂れた。

「どうかお願いします！」

「どうしますか、藤原課長」

俊吾は離れて見ていた藤原に声をかけた。新森とマネージャーはおそるおそる顔を上げた。

藤原は俊吾たちに近づきながら答える。

「いや、まあ、僕としましては、副社長にプロモに出ていただいたら、問題が解決するなぁって思ってたくらいなんですけど」

あはは、と笑ってから、藤原は真顔になって新森を見る。

「若いうちにチヤホヤされると、天狗《てんぐ》になっちゃうこともあるんだろうね。今回のことに懲りて、真面目に仕事をしてくれたら、僕はそれで構わないけど」

「よろしくお願いしますっ」

新森とマネージャーが同時に言って、再び頭を下げた。

「それじゃ、あとは藤森課長にお任せします」

俊吾は言って、栞奈を促しコートを出た。栞奈は俊吾の隣を歩きながら言う。

「考えてみたら、課長が言ってたみたいに、俊吾さんでプロモを撮るっていうのもアリなんだよね～」

コートでボールを操る俊吾の姿をもう一度見られたら！　その様子を想像して、栞奈はうっとりした表情になる。

俊吾は笑って栞奈の髪をくしゃっと軽く撫でた。

「今度、一緒に個サルに行こう」

「えっ、足、大丈夫なの？」

「長時間でなければ大丈夫だ。それに、俺も栞奈と一緒にコートを走りたい」

栞奈はパアッと顔を輝かせた。

「やったぁ、連城俊吾のプレーを生で！　そばで！　見られるんだ～」

「俺はいつも栞奈のそばにいるけどな」

俊吾に額を軽く小突かれ、栞奈は小さく舌を出す。

「そうでした。生・連城俊吾が私の旦那さまだったんだ」

栞奈は愛しさが込み上げてきて、俊吾の腕に両腕を絡めた。そのとき、コートの方から俊吾を呼ぶ藤原の声が聞こえてくる。

「副社長ーっ」

「わ」

栞奈は慌てて腕を解いた。

「どうしました？」

頬を赤くする栞奈の横で、俊吾はいつも通り冷静な声を出す。藤原は足音を立てながら走ってきた。

「いやぁ、新森さんたってのお願いで、副社長と一緒にプロモを撮ってほしいって」

「あ、あー！　それはいいアイデアですね！　話題性もありますし、より広い年齢層をターゲットにできます！」

恥ずかしさが残っている栞奈は、つい声が大きくなった。

「副社長はどうですかね？」

藤原に問われて、俊吾は栞奈の顔を見た。

「俺が出ても構わない？」

じっと見つめられて、栞奈はドギマギしながら答える。

「もちろん！　見たい！　俊吾さんのプレー！　あ、でも、かっこいい俊吾さんを世の中の女性が見て……会社に押しかけてきたらどうしよう」

俊吾は栞奈の耳元に唇を寄せて囁く。

「安心しろ。そのときはみんなの前で栞奈にキスをして、俺が誰のものかをみんなにわからせてやる」

栞奈は真っ赤な顔になって目を見開いた。

「はーっ⁉　そ、そんな里香子さんのときみたいなことを……」

「なんの話？」

藤原に言葉を挟まれ、栞奈は口をつぐんで首を左右に振る。

「目立たなかったらいいか？」

俊吾に問われて、栞奈はコクコクと頷《うなず》いた。俊吾はクスッと笑って、藤原を見る。

「あくまでも主役は新森さんで」

「大丈夫です。そのへんは抜かりなく彼を立てます」

藤原はぐっと親指を立てた。

「それじゃ、構成を練り直しましょう」

藤原は言って俊吾を促し、コートに向かって歩き出した。栞奈も続こうとして、足を止める。

俊吾が出るのなら、自分も見たいが、その前に俊吾のサイズのウェアを持ってこなければ！

「副社長、課長、待っててください！　すぐにもう一着、ウェアを持ってきますっ！」

栞奈が走り出そうとしたとき、「あ、ちょっと」と藤原に呼び止められた。藤原は栞奈に近づき、笑って言う。

「さすがは連城夫妻のコンビプレーだな。あのわがまま俳優を改心させたのは、見事だったよ」

「えへへ」

栞奈が照れ笑いを浮かべ、藤原は声を潜めて栞奈に耳打ちする。

「僕、副社長に惚《ほ》れたわ〜」

「えっ」

栞奈が藤原を見ると、彼はニッと笑った。

「ちょっ、ダ、ダメですよ、副社長は私のものですから！　誰にも渡しませんっ」

栞奈は藤原に念を押してから、声を上げて笑う彼に背を向け、オフィスビルに向かって走り出した。


そうして完成した新作ウェアのプロモーションビデオは、華麗にボールを操る新森啓が注目され、彼はその後、サッカーアニメの実写化映画で主役に抜擢《ばってき》された。新森からはお礼の手紙が届いた。

一方、プロモーションビデオの再生回数もうなぎ登りだ。ほとんどは新森目当てなのだと思われたが、その彼とボールを取り合いながら、見事なダブルヒールリフトを見せた男性も話題になっている。

新森は正面から撮影されているのに対し、ウェアがより注目されるよう、男性は後ろから撮影されている。一度も顔が映されていないために、それがかえって謎めいていて、インターネット上ではいろいろな噂《うわさ》が飛び交っていた。

〝あれはアマチュアのサッカー選手だろうね〟

〝いや、サッカーのうまい無名の俳優だろう〟

〝新森啓の高校時代のチームメートじゃないの？〟

〝ＯＳＫイレブンと言えば、副社長に連城俊吾がいるよね？　もしかしたら……〟

けれど、真相は一部の人間が知るのみである。

# 第十二章　幸せに上限はないようです。

「栞奈、おはよう」

俊吾の声がして、額にチュッとキスが落とされた。栞奈が目を開けると、すぐ近くで俊吾が微笑んでいる。

「朝ご飯できたぞ」

土曜日の今日は俊吾が朝食当番だ。朝起きて、誰かが――好きな人が――自分のために作ってくれた朝食を食べられるなんて、本当に幸せだ。

「おはよう、俊吾さん」

栞奈はほんわかした気分で頬を緩めた。

「さて、俺と朝食、どっちを先に食べたい？」

俊吾が右手を腰に当てて、冗談っぽく訊《き》いた。

「それはもちろん朝――」

食、と言いかけた唇を、俊吾にキスで塞がれた。

「もちろん俺だよな？」

「んー、どうかな～」

「選択できなくしてやる」

俊吾はニヤッと笑って、栞奈の両手を掴《つか》んで頭の上で一つにまとめた。そうしてパジャマのボタンを外し始める。

「俊吾さんっ」

パジャマの前をはだけられ、俊吾の手が脇腹に触れて、肌をくすぐるように撫《な》で上げる。唇を啄《ついば》まれ、大きな手のひらに膨らみを包み込まれて、栞奈の腰が淡く痺《しび》れた。

栞奈は甘いため息をつく。

「選択の余地はなくなっただろ？」

俊吾が耳元で囁《ささや》き、栞奈はとろりとした目で俊吾を見た。

「うん……やっぱり、朝食」

半分以上冗談だった栞奈の言葉を聞いて、俊吾は一瞬目を見開いたが、すぐに細めた。

「へぇ」

その挑むような眼差しに栞奈がドキンとしたとき、彼は体を起こしてベッドの縁に腰を下ろした。そうして栞奈の腰の下に手を入れ、抱き上げるようにして膝の上に横向きに座らせる。

「俊吾さん？」

栞奈が見ると、俊吾は右手で栞奈の顎をすくい上げ、ゆっくり顔を傾け口づけた。角度を変えながら何度も唇を食まれ、栞奈が甘い吐息を零したとき、下唇をキュッと噛《か》まれた。背筋がビクッと震えて、思わず高い声が漏れる。

「やぁんっ」

彼の手が顎から離れ、左の膨らみを包み込んだ。大きな手のひらで持ち上げられ、ゆっくりと握られる。

「柔らかくておいしそうだ」

俊吾が耳元で囁いた。

「んっ」

首筋に彼の息がかかって、背筋がゾクゾクとする。彼の手の中で揉《も》みしだかれて、胸の飾りがその存在を主張し始めたとき、彼の指先が尖《とが》ったそれを弾いた。

「ひゃんっ」

あまりの刺激に背を反らせると、逆の胸が彼の目の前でふるんと揺れた。

「こっちも触ってほしいってこと？」

俊吾は笑みを含んだ声で言った。

「ちが……そ……じゃなくて……」

これ以上の刺激に耐えられそうになく、栞奈は首を小さく横に振って言葉を発する。

「俊吾さんの作ってくれた……朝ご飯が……」

「栞奈が食べたいものは俺とは違うようだな」

俊吾はつぶやくように言って、目の前の膨らみに吸いついた。

「ひあっ」

先端の周囲を丹念に舐《な》められ、芯を持った尖りを舌先で突かれ、押しつぶされる。さらに仰け反りそうになるのを、腰に回されていた彼の腕に力がこもって引き寄せられた。彼の膝の上から逃げられず、与えられる刺激が徐々に強くなる。もどかしげに吐息を零すと、俊吾の手がショーツの中へ忍び込み、指先が素肌に触れた。

「あっ……俊吾さっ……」

彼の長い指先が脚の中心にたどり着き、秘裂をゆっくりとなぞる。彼の指先がぬるぬると滑り、すでにそこが潤っていることは明らかだった。

「これでもまだ朝食の方がいいって言うのか？」

意地悪な声で囁き、指先が割れ目を何度も往復する。その刺激でさらに蜜が溢《あふ》れてきて、栞奈は喘《あえ》ぐように答える。

「だって……俊吾さんが……せっかく作ってくれたのに……」

「そんなことを気にしていたのか」

俊吾は小さく笑みを零し、栞奈の手首を掴むとベッドに両手をつかせた。栞奈は自然と彼の方にお尻を突き出す格好になる。

彼が後ろから覆い被さってきて、耳たぶにぺろりと舌が這《は》わされた。くすぐったいような甘い痺れに首をすくめたとき、パジャマのズボンとショーツが足元に落とされ、すっかり潤っている蜜口に彼の長い指が差し込まれた。

「あぁぁっ」

あっさりと受け入れたそこを、くちゅくちゅと音を立てながら指が出入りし、栞奈は悩ましげに眉を寄せた。

「はんっ……あっ、ああっ」

指が二本に増やされ、中をかき混ぜられて、淫らな水音が高くなる。

「や……んっ……はあっ」

バラバラに動く指にリズミカルに刺激されて、体の奥から愉悦がせり上がってくる。

「んんっ、俊吾さっ……私……もう……あ、ああっ」

栞奈はシーツをギュッと握りしめた。今にも快感がはぜそうに膨らんだのに、弾ける寸前で俊吾の指がピタリと動きを止めた。中途半端に盛り上がった熱がもどかしく、蜜口がヒクヒクと疼《うず》く。

「俊吾、さん？」

栞奈が彼を振り仰ぐと、栞奈の中からゆっくりと彼の指が引き抜かれた。

「ひあ……っ」

敏感になっている隘路《あいろ》をこすられ、体はビクンと震えたが、達することはできない。

「ど……して？」

栞奈は体を起こそうとしたが、俊吾は後ろから栞奈の腰を支えて、スウェットの布越しにわかるほど硬く屹立《きつりつ》した彼自身を蜜口に押し当てた。

「どうする？」

俊吾に問われて、栞奈は囁くように答える。

「どうするって……？」

俊吾が不敵に笑って言う。

「朝食にするか？」

「……意地悪」

栞奈は唇をキュッと結んだ。せっかく彼が朝食を作ってくれたんだから、という思いが、彼を焦らすことになってしまったらしい。けれど、結局、栞奈の方が焦れることになった。

「俺と朝食、どっちがいい？」

俊吾が腰を軽く揺すり、もどかしい刺激に栞奈は内股をこすり合わせたくなる。

「……わかってるくせに」

「ふぅん」

俊吾は不満そうな声を出し、スウェットのズボンと下着を下ろして、すっかり濡《ぬ》れそぼった栞奈の秘裂に欲望の塊を押し当てた。その硬い感触に、栞奈の体は熱く疼いて期待する。

「俊吾さん……」

栞奈は焦れったくて彼の名を呼んだが、俊吾は先端をこすりつけるだけだ。ぬるぬると滑るソレが、いいところに触れそうで触れてくれなくて、たまらなくもどかしい。

「……お願い」

「どうしてほしい？」

意地悪な声で問われて、栞奈は顔を赤くしながら小声を発する。

「俊吾さんが……欲しい」

俊吾がゆっくりと先端を沈め、押し入ってくるその感触に栞奈はぶるりと下半身を震わせた。

「はん、あっ、もっと……」

鼻にかかったような声が零れ、シーツを握る手に力がこもる。

「こう？」

俊吾はわざと淫らな水音を立てながら、浅く出入りを繰り返す。入り口がこすられてじんじんした快感を覚えるが、それだけじゃ物足りなくて、栞奈は喘ぐようにねだる。

「もっと奥まで……突いて……いっぱい」

羞恥心を超えるほど、彼を求めていた。

「ようやく素直になったな」

俊吾の声が聞こえた直後、一気に最奥まで貫かれた。

「ひ、あぁぁっ！」

いったん腰を引いた俊吾が激しい律動を繰り返し、栞奈の口から絶え間なく甘い悲鳴が零れる。

「ん、あ……はあっ……いいっ……すごく……深いっ」

中を何度も穿《うが》たれ、襞《ひだ》をこすられ、最奥を抉《えぐ》られるたびに、はしたない音が部屋に響く。

「俊吾さっ……気持ち……いいっ」

「ああ。栞奈の中がうねるように締めつけてくる」

俊吾は後ろから覆い被さりながら栞奈の胸を握った。形が変わるほど揉みしだかれ、手のひらで先端を転がされて、下腹部にギューッと力が入る。

「あ……んっ……俊吾さっ、いっちゃう、あ、ああっ」

強い快感が押し寄せてきて、栞奈は耐えるように目をギュッとつぶった。

「俺も、だ……っ」

俊吾のかすれた声が聞こえた直後、後ろから強くかき抱かれた。栞奈は頭の先まで快感に貫かれると同時に、彼が栞奈の中で熱の塊を吐き出すのを感じた。

そうして痺れるような快楽に包まれたまま、二人でベッドにもつれ込むように倒れた。

荒い呼吸を繰り返しながら、とろけた視線を絡め合う。

やがて呼吸が落ち着き、栞奈は右手を伸ばして俊吾の頬に触れた。彼が首を動かして、栞奈の手のひらに口づけた。チラッと向けられた視線に、栞奈はどうしようもなく胸が熱くなる。

「俊吾さん、大好き」

「俺の方がもっと好きだ」

「私だって」

栞奈が張り合うように言うと、俊吾は栞奈の顎をつまんで、正面から瞳を覗《のぞ》き込んだ。

「愛してる」

真摯な眼差しと甘く低い声に、栞奈は心臓を射貫かれた気がした。入籍後、夫婦として一緒に暮らし始めてもうすぐ一年、結婚式を挙げてから八ヵ月近くが経つというのに、今でも俊吾に恋をしている。

「私も愛してる」

栞奈は俊吾の頬を両手でそっと挟んだ。惹《ひ》かれ合うように唇を重ね、互いの気持ちを感じ合う。真っ白なシーツの海で、愛する人に溺れて過ごす。なんて幸せな時間だろう。

そうして思う存分濃密な時間を過ごしてから、シャワーを浴びた。先にバスルームを出た俊吾が、朝食を温め直している間、栞奈は部屋着を着て髪を乾かす。ダイニングテーブルに着いたときには、テーブルには俊吾が用意してくれたスクランブルエッグ、ベーコン、ほうれん草のソテーがのった皿と、トマトスープが入ったスープカップが置かれていた。

「もうすぐチーズトーストが焼ける」

俊吾が言った直後、トースターがチンと軽やかな音を立てた。コーヒーメーカーからカップに注ぐ俊吾の横で、栞奈は冷蔵庫を開ける。

「俊吾さん、オレンジジュース飲む?」

「ああ」

栞奈は食器棚からグラスを二つ出して、果汁百パーセントのオレンジジュースを注ぎ、テーブルに運んだ。俊吾がチーズトーストを皿に出し、ゆったり広いテーブルを彼と二人で囲む。

「いただきます」

栞奈は手を合わせて、まずはオレンジジュースを一口飲んだ。ジュースが冷たく喉を通るのがたまらず、そのままゴクゴク飲んで一気にグラスを空けた。

「おいし～。おかわり取ってくる」

栞奈は立ち上がって冷蔵庫を開け、オレンジジュースのパックを持ってテーブルに戻った。

続いてフォークを取り上げ、俊吾お手製のスクランブルエッグを口に運ぶ。今日のは溶けたチーズのまろやかな味がした。

「今日のスクランブルエッグはチーズが入ってる！　おいし～い」

栞奈がフォークを持ったまま右手を頬に当てるのを見て、俊吾は目を細めた。

「栞奈のその顔が俺へのご褒美だな」

「それは私も一緒だよ。私が作った料理を俊吾さんがおいしそうに食べてくれたら、それだけで幸せだもん」

もちろん俊吾は栞奈のように声に出して「おいしい！」などと言うことは少ないが、目を細めたり、頷《うなず》きながらゆっくり味わったりするちょっとした仕草に、彼の気持ちを感じるのだ。

栞奈がトーストをかじったとき、俊吾が口を開いた。

「今日は天気がいいから、どこかへドライブに行くか？」

「いいね！」

栞奈はどこがいいかと考えを巡らせ、「あ」と声を上げた。

「そうだ、植物園は？」

「植物園？」

「うん。私たちが最初にデートしたのも植物園だったし！」

俊吾はコーヒーカップを取り上げ、一口飲んで言う。

「もうすぐ一年になるな」

そう言われて、栞奈はふと疑問を覚えた。

「ねえ、私たちっていつが付き合った記念日になるんだろう？」

俊吾は考え込むように右手を顎に添えた。

「やっぱり……栞奈が俺を駐車場で待ち伏せした日じゃないか？」

「ええっ、どうしてあの日が付き合った記念日になるの？　告白もなにもしてないのに」

俊吾は小さく笑みを浮かべた。

「いきなりプロポーズしてくれたじゃないか」

一年前の出来事を思い出して、栞奈は顔が真っ赤になった。

「あっ、あれは……っ！　もう思い出さないでよ～」

栞奈が両手で顔を隠し、俊吾はクスリと笑う。

「あのときの必死の表情はかわいかったな」

必死だったのは確かだ。なにしろ遺言状に書かれていた結婚するまでの期限が、五ヵ月を切っていたのだ。とにかく結婚相手を探さなければという思いと……憧れの人と少しの間でも一緒に過ごしたいという気持ちが、あの恥ずかしくも必死の行動を生んだのだ。

「あー、もうやっぱり恥ずかしいから、植物園はいい」

栞奈は顔から手を離して、朝食の続きに戻った。俊吾がテーブルの向かい側から手を伸ばして、皿に添えていた栞奈の左手に触れる。

「いや、植物園に行こう。俺の思い出の場所でもあるから」

栞奈はしばらく頬を膨らませていたが、やがて頷いた。

「じゃあ、そのあと、Jリーグの試合を見に行こっか」

「決定だな」

植物園もサッカーの試合観戦デートも久しぶりで、栞奈は心が浮き立った。

食事のあと、栞奈は爽やかな白のカットソーにデニムのワイドパンツに着替えた。耳には先月の誕生日に俊吾にプレゼントされた、つり下げるタイプのピアスをしている。ペアシェイプのエメラルドがかわいらしい。

俊吾はライトグレーのVネックシャツに黒の細身のデニムを合わせて、カジュアルな白いシャツをさらりと羽織っている。

「わーい、デートだぁ」

栞奈は家から出て駐車場に向かいながら、俊吾の腕に自分の腕を絡めた。庭を見ると、去年挿し木に成功したプリンセス・シャーロットが、花をつけていた。まだ背も低く、小ぶりだが、母が育てていたのと同じように、花びらの中心に向かって色が濃くグラデーションしている。

栞奈がアジサイに顔を向けたのを見て、俊吾は彼女の髪をくしゃっと撫でた。

「きれいに咲いたな」

「うん。嬉《うれ》しい」

車に乗って、しあわせベーカリーでランチを調達することにする。店に入ると、友奈が栞奈たちを見てパッと笑顔になった。

「お姉ちゃん！　俊吾さんも！　いらっしゃいませ」

「友奈、元気だった～？」

二週間ぶりに妹に会って、栞奈のテンションも上がる。

「今日は、じゃなくて、今日もデートなんだね」

友奈がにっこり笑い、栞奈は照れ笑いを浮かべた。

「植物園に行こうと思って」

「お姉ちゃん、ホントにお花が好きだもんねぇ」

友奈の声を聞きながら、栞奈はトレイとトングを取った。

「俺が持つよ」

俊吾が栞奈の手からトレイとトングを抜き取る。

「じゃあ、私、レモンデニッシュを一つ！」

俊吾がレモンデニッシュをトレイにのせるのを見ながら、栞奈は言い直す。

「あ、やっぱり二つ」

友奈が栞奈と俊吾の間に顔を入れる。

「暑いときはさっぱりするからレモンがいいよね～。最近売り上げが伸びてるんだよ。この〝レモンとアールグレイのマフィン〟も人気なんだぁ」

紅茶の茶葉とレモンピールがうっすら覗くそのマフィンを見て、栞奈はゴクンと喉を鳴らした。

「あ～、おいしそう！　俊吾さん、これも！」

ほかにビーフパストラミとレタス、スモークサーモンとクリームチーズのカスクート、ソーセージロールなどを買った。

「いつもありがとう！　また来てね～」

妹の声を聞きながら、店を出て車に乗り込んだ。今日は栞奈の好きな洋楽を聴きながら、植物園へと向かう。

「この前、しあわせベーカリーが情報誌で紹介されたんだよ」

栞奈は運転席を見ながら言った。俊吾の横顔が微笑む。

「それはよかったな。友奈さんのパンは本当においしいからな」

俊吾の言葉に栞奈は誇らしい気持ちで頬を緩めた。

やがて公園の駐車場に到着し、植物園に入った。一年前と同じで、ハスはまだ蕾《つぼみ》だったが、ハナショウブやアジサイは見頃だ。

ゆっくり遊歩道を歩いて、芝生広場に行き、木陰のベンチに並んで座った。俊吾が紙袋からパンを出して栞奈に渡す。

「レモンのパンばっかりだな」

笑みを含んだ声で言われて、栞奈は小さく舌を出した。

「言われてみればそうだね。友奈が人気だって言ってたから、ついつい買っちゃった」

「飲み物はなにがいい？」

「あー……オレンジジュースがいいな」

「柑橘類《かんきつ》三昧だな」

俊吾が笑って立ち上がり、自動販売機に向かった。彼がペットボトルのジュースと缶コーヒーを買って戻ってくる。

「それじゃ、いただきます！」

栞奈は手を合わせて、嬉々《きき》としてレモンとアールグレイのマフィンにかじりついた。レモンの爽やかな酸味と紅茶の香りが口の中にふわっと広がる。

「おいし～！　いくつでもいけちゃうな」

栞奈はマフィンとデニッシュ、それにカスクートをぺろりと平らげた。

「すごい食欲だな」

俊吾がソーセージロールを食べていた手を止めて、小さく苦笑する。

「もしかして食べ過ぎって思ってる？」

「いいや、感心してる」

「感心？」

「ああ。気持ちいいくらいうまそうに食べるんだなって」

「友奈のパンがおいしすぎるんだも～ん」

妹たちが作ったパンをいつにも増しておいしく感じたとしても、やはり食べる量は俊吾の方が上だ。

お腹が満たされたあと、二人でのんびりと植物園を見て回った。閉園時間に外に出たとき、公園の敷地内にあるスタジアムから歌と太鼓の音が聞こえてきた。キックオフまでまだ一時間あるが、熱烈なサポーターたちがすでに応援を始めている。

栞奈はワクワクしながらスタジアムに向かった。周囲では焼き鳥や焼き肉の屋台が出ていて、ねっとりと濃いタレの香りやしつこそうな脂の匂いが漂っている。

いつもはもっとおいしそうに感じるはずなのに。

（この匂い、無理……）

そう思った直後、栞奈は胃の辺りが熱くなって、強烈な吐き気を覚えた。

「……俊吾さん……」

栞奈は背中を丸めて、俊吾のシャツの袖をギュッと掴んだ。栞奈の顔色が悪いのに気づいて、俊吾の顔が心配そうに曇る。

「具合が悪そうだな。どこかに座る？」

「ちょっと……ここから離れたい」

「わかった。今日はもう帰ろうか」

「ごめんなさい……せっかくのデートだったのに」

「栞奈の体の方が大切だ」

俊吾が栞奈の背中に手を添えて抱き上げようとするので、栞奈は慌てて右手を振った。

「や、いい！　大丈夫！　歩けるっ」

さすがに人の多い公園でお姫さま抱っこをされるのは恥ずかしすぎる。

栞奈は俊吾の腕に掴まるようにしながら駐車場に戻った。助手席に乗って浅い呼吸を繰り返す。

「ちょっと待ってろ」

俊吾はエアコンをオンにして車を離れた。すぐにペットボトル入りの水を買って戻ってくる。

「少し飲んでごらん」

俊吾はキャップを外して、栞奈にペットボトルを差し出した。

「ありがとう」

受け取って冷たい水を喉に流し込むと、吐き気が少し落ち着き、栞奈は大きく息を吐き出した。

「大丈夫か？」

「うん、少し楽になった」

「ゆっくり休んでろ」

「ごめんね……」

栞奈は座席を倒して体を横に向けた。背中を撫でてくれる俊吾の手が優しい……。


次に気がついたとき、栞奈は広いベッドの上に寝かされていた。窓の方を見たら、ダークブラウンのカーテンが少し開いていて、外が暗いのがわかる。

（私……車で寝ちゃったんだ……）

ゆっくりとベッドに体を起こしたが、もう吐き気は治まっていた。そろそろとベッドから下りたとき、ベッドルームのドアが静かに開いて俊吾が入ってきた。

「目が覚めたか。もう起きて平気？」

「うん、大丈夫。ベッドに運んでくれたんだよね？　ありがとう」

「すまない」

唐突に俊吾が謝り、栞奈は首を傾げた。

「えっ、どうして俊吾さんが謝るの？」

「俺が朝……栞奈に無理をさせた」

あのさんざん焦らされた出来事を思い出し、栞奈は頬を染めながら言う。

「あれはっ、別にぜんぜん大丈夫だよ。むしろ焦らされた分、なんかいつもより気持ちよかった気もしなくもないし……」

最後の方は口の中でもごもごと言った。

「とにかく！　あれはぜんぜん関係ないよ」

「それならいいんだが……」

そう言いつつ俊吾の声が沈んでいるので、栞奈は明るい声を出す。

「胃腸風邪かなにかじゃないかな。でも、今はホントに平気だから」

ようやく俊吾の表情が和らいだ。

「そうか。夕食に卵粥《たまごがゆ》を作ったんだが、食べられそうか？」

卵粥と聞いて、栞奈のお腹が小さく音を立てた。

「うん、食べたい。お腹ペコペコ」

「よかった。食欲はあるんだな」

俊吾は栞奈の肩を抱き寄せ、髪にそっとキスを落とした。

「ベッドで食べる？」

俊吾に訊かれて、栞奈は首を横に振る。

「ううん。ダイニングで食べる」

「わかった」

ベッドルームを出て、栞奈がダイニングの椅子に座ると、俊吾は椀《わん》に卵粥をよそって栞奈の前に置いた。卵粥にはシラスがたっぷりのっていて、ネギが散らされている。

「いただきます」

出来たての粥を一口食べると、出汁の優しい味わいがじぃんと体に染み込んできた。

「すごくおいしい」

栞奈はほぅっと息を吐き出した。俊吾の優しさまで染みてくる気がする。

栞奈の前の席で卵粥を食べていた俊吾が、手を止めて言う。

「よかった。ネットでレシピを調べたんだが、思ったよりうまく作れたようだ」

「ということは、卵粥を作ったのは、もしかしてこれが初めてなの？」

「ああ」

「それでこの出来はすごいよ。朝ご飯もおいしいし、俊吾さんってなんでもできちゃうんだね」

俊吾は照れたように微笑む。

「一人暮らしが長かったからだよ。料理はやっぱり栞奈に負ける。鯖《さば》の味噌《みそ》煮込みも酢豚もタンドリーチキンも、俺には作れない。栞奈の手料理、大好きだ」

俊吾に言われて、栞奈の頬に朱が差した。

「私も俊吾さんの手料理、大好きだよ」

「栞奈が喜んでくれるなら、俺ももっとレパートリーを増やしてみるか」

「楽しみにしてる」

栞奈は結局卵粥をおかわりして、「ごちそうさま」と箸を置いた。食器洗いは食洗機に任せて、リビングのソファに座る。

「栞奈」

俊吾が栞奈の隣に座って、彼女の肩に手を回した。栞奈は彼の肩に頭をもたせかける。

「ねえ、今日の試合、どっちが勝ったかな？」

「ニュースで見てみるか」

俊吾がローテーブルに置いていたスマホを取り上げ、片手で操作する。栞奈はお腹が満足したせいか、またまぶたが下りてきて、そっと目を閉じた。

「今日は二対一で……」

俊吾は栞奈がウトウトしていることに気づき、栞奈の髪を撫でた。

「このまま寝るか？」

「うーん……シャワーだけは……浴びたいかな」

「仕方ないな」

俊吾の声がした直後、俊吾に横向きにふわりと抱き上げられた。一瞬目が覚めた栞奈だったが、結局、睡魔には勝てず、半分眠りながらシャワーを浴びて、早々にベッドに潜り込んだのだった。


翌朝、栞奈はパンが焼けるいい匂いで目を覚ました。

「ああっ」

今日は栞奈が朝食当番だったことを思い出し、ベッドから飛び起きる。

「俊吾さん、ごめんなさいっ」

ダイニングに駆け込んだら、対面式キッチンにいる俊吾が卵を持ったまま微笑んだ。

「気にするな。あんまり気持ちよさそうに寝てたから、起こしたくなかったんだ」

「ごめんなさい～」

栞奈はキッチンに回って、俊吾の背中に抱きついた。

「気分はどう？」

「うん、昨日よりはずっといい。でも、まだまだ眠れそう。先週、忙しかったからなぁ

〜。疲れがたまっているのかも」

「いつもがんばってるもんな」

俊吾が手を伸ばして栞奈の髪をくしゃっと撫でた。

「俊吾さんもだよ」

栞奈は俊吾の背中に頬を寄せた。俊吾がボウルに卵を割り入れ、栞奈は彼の背中から離れる。

「ウィンナーでも焼こうか？」

栞奈は冷蔵庫を開けて、厚切りのベーコンがあるのに気づいた。

「あ、ベーコンもいいね！」

「そうだな」

栞奈はスクランブルエッグを作る俊吾の隣で、別のフライパンを使ってベーコンを焼き始めた。しかし、脂の匂いが立ち始めたとたん、食欲がなくなる。

「あれ〜……」

「どうした？」

俊吾はスクランブルエッグのフライパンの火を消して、栞奈を見た。

「今日はベーコン……ダメかも」

「まだ体調、戻ってないのか？」

俊吾は心配顔になって、栞奈の額に手を当てた。

「熱はないな……」

「やっぱり胃の調子が悪いみたい。もしかしてストレスかなぁ？」

「藤原課長になにかプレッシャーをかけられているのか？」

そう言う俊吾の表情が険しくなるので、栞奈は慌てて右手を振った。

「まさか！　課長はいつも通りのほほんとしてるよ！　課長は無実だからっ」

「無実って」

栞奈の言葉を聞いて俊吾は苦笑した。

「それなら、犯人はやっぱり俺ってことかな？」

「俊吾さんでもないよ！」

「本当かな」

俊吾はそう言って、栞奈をキッチン横の、庭へと続くドアに追い詰めた。栞奈は背中にドアが当たって動けなくなり、俊吾が栞奈の顔を囲うように両肘をつく。

「栞奈。疲れたときは遠慮せずに言うんだぞ」

「うん」

俊吾は顔を傾け、ゆっくりと栞奈に近づけた。栞奈の唇に彼の柔らかな唇が重なり、栞奈はうっとりと目を閉じる。

「栞奈は俺のすべてなんだ」

俊吾が言って、栞奈の唇を人差し指でそっとなぞった。その指に栞奈がキスをすると、俊吾が小さく目を見開いた。

「俊吾さんも私のすべてだよ」

　栞奈は俊吾の手を取って、手のひらに口づけた。チュ、チュ、と何度もキスをすると、俊吾が目を細めた。

「俺を誘ってる？」

「わかる？」

　俊吾はクスリと笑って栞奈の頬にキスをした。彼の唇が首筋へと移動し、栞奈がゆっくり目を閉じたとき、ガスレンジがピーッと甲高い音を鳴らした。

「あ！」

　フライパンの過度の加熱を警告する電子音だ。すでにガスの火は消えていたが、フライパンのベーコンから灰色の煙が上がっている。

「ベーコンのこと、忘れてたー！」

　栞奈は慌ててベーコンをひっくり返した。かなり濃い焼き色がついているが、食べることはできそうだ。

「もう先に朝食の準備をしちゃおう」

　フライパンは俊吾に任せて、栞奈はテキパキと朝食の用意に取りかかった。俊吾は前髪をくしゃりと握ってため息をつく。

「続きは夜にお預けか」

それは私も残念だけど、と思いながら、栞奈はレタスを洗ってちぎり始めた。

結局、栞奈はベーコンは食べられなかったものの、シュガートーストと野菜サラダ、スクランブルエッグとオレンジジュースはおいしく喉を通った。

（オレンジジュース……）

朝食のあと、栞奈はふと思いついて、近所のドラッグストアに買い物に行った。そうして奥の棚の前で立ち止まる。

無性に柑橘類が食べたくなる。特定の食べ物の匂いに吐き気を覚える。すごく眠くなる……。

どれも、職場の先輩社員が話していたある症状と一致する。

そう、〝つわり〟だ。

まさか……とは思いつつ、思い当たる節はありすぎるくらいにある。

栞奈は棚の妊娠検査薬を一つ選んで、レジに向かった。緊張してドキドキしながら帰宅し、トイレにこもる。

パッケージの説明通りの手順を踏み、出た検査結果は……陽性だった。検査薬の四角い窓にくっきりついたピンク色の線を見ながら、栞奈は考え込む。

（これって……喜んでいいんだよね？）

俊吾とは具体的にいつ、という話をしたことはない。いずれ欲しいよね、という程度だった。

　栞奈はそろそろとトイレのドアを開けて、俊吾を探す。リビングダイニングに入ったら、窓から彼が庭でリフティングをしているのが見えた。

「俊吾さん」

　栞奈は庭に面した窓を開けて、テラスに出た。そこから階段を下りれば庭だ。

「どうした？」

　俊吾はボールをちょんと蹴り上げ、右手に持って栞奈に近づいた。

「あの……あのね……実は……私」

　栞奈はお腹の前で両手をもじもじと動かした。栞奈がどう切り出そうか迷っていると、俊吾はふっと微笑み、左手を栞奈の背中に回した。

「それはもしかして、嬉しいお知らせか？」

　栞奈が上目で見上げたら、目が合った俊吾が優しい笑顔になった。

「うん……そう、なの。赤ちゃんが……できたみたい」

「そうか！」

　俊吾は言うなり栞奈を抱きしめた。

「ありがとう、栞奈」

　俊吾の両腕にギューッと力がこもり、直後、彼はハッとしたように腕を解く。

「苦しくなかったか？」

「うん、大丈夫」

「すごく嬉しいよ」

　俊吾の言葉に照れながら、栞奈は言う。

「でも……まだ検査薬で調べただけだから……きちんと病院で診てもらわないと」

「そうだな。病院へはいつ行く？　必要なら休暇を取るから教えてくれ」

「次の土曜日は？」

「えっ、そんな先⁉　明後日くらいなら休めるぞ」

「土曜日で大丈夫だと思う。あんまり早すぎても、エコーに映らないみたいだし」

「そうなのか」

　俊吾は栞奈を横抱きに抱き上げた。

「俊吾さん⁉」

「ありがとう、栞奈。子どもが生まれたら……ここで一緒にサッカーをしたいと思ってたんだ」

　俊吾が言って、視線を芝生の庭に向けた。青々とした芝が、普段より生命力に溢れて見える。

「それいいよね！　本当にステキ」

　俊吾が栞奈の唇にチュッとキスをした。栞奈は手を伸ばして彼の頬に触れる。

「でも、野球をやりたいって言ったらどうするの？」

「やりたいならやったらいいさ。だけど、俺と栞奈の子どもだぞ？　絶対にサッカーをやりたがるに決まってる」

俊吾は自信満々に笑った。生まれるのが女の子であれ男の子であれ、栞奈も彼と同意見だ。

俊吾は栞奈をテラスのチェアに運び、そっと座らせた。チェアの隣で片膝をつき、栞奈の右手を握る。

「俺にたくさんの幸せを運んでくれてありがとう。心から感謝してる」

「それは私もだよ。俊吾さんと一緒にいられて、毎日幸せなんだから」

「これからも栞奈が毎日笑顔でいられるように努力するよ。約束する」

俊吾は言って、愛おしそうに栞奈のお腹に手を当てた。

「家族が増えるのか」

俊吾は感慨深げにつぶやいた。栞奈は俊吾をチラリと見る。

「ね、私のお腹が風船みたいに膨らんでも……嫌いになったりしない？」

「俺たちの子どもを育んでくれているのに、嫌いになるわけないだろ。それに栞奈なら、どんな姿になっても愛せる自信がある」

「や、でも、出産後はがんばって体型を戻すつもりだけど！」

俊吾は栞奈の髪をふわりと撫でた。

「二人で支え合って、大切に育んでいこう」

「うん。頼りにしてるね」

「ああ、頼ってくれ。俺の大切な栞奈、これからは君と大切な家族を守っていくよ」

「よろしくお願いします。私もがんばるね」

二人で見つめ合い、どちらからともなく唇を重ねた。

毎日、これ以上ないくらいに幸せを感じているのに、自分の中に、文字通り彼との愛の結晶が宿っている。それが嬉しくて、心がくすぐったい。

目に見えないけれど、毎日たっぷり感じられる愛と、これから生まれてくる目に見える愛と。

想うだけでも、体の底から温かな力が湧いてくる。

幸せというものには、どうやら上限はないらしい。

# 番外編　冷徹（？）副社長のとろ甘な休日

「副社長のメリットは！　私を好きにしていただいていいってことです！」

企画部の石川栞奈と名乗った女性が助手席で叫ぶように言い、俊吾は思わず目を見開いた。艶のあるストレートヘアが印象的な落ち着いた顔立ちの女性が、卑猥《ひわい》にも取れるそんなセリフを言ったのだ。しかも、胸を張って堂々と。

そのギャップに、俊吾の口から意図せず笑い声が零れた。

「……ふ……はははっ」

そうやって笑いながら、声を出して笑ったのはいったいいつ以来だろう、と思う。

「君のような真面目そうな女性がそんなことを言うなんてね。人は見かけによらないな」

俊吾のその言葉を聞いて、彼女は自分が言った言葉を脳内で反芻《はんすう》したらしい。さっきまで赤かった顔が、今度は青くなった。

焦ったり、きょとんとしたり、慌てたり。表情がくるくる変わる。

だが、そもそも俊吾に結婚願望はないのだ。彼女のように待ち伏せしたり、家に押しかけてきたりする女性に、正直うんざりしている。

それを伝えたら、栞奈は「家政婦として好きにこき使っていただいていいって意味です！」とか、「半年後には、きっぱりすっきりお別れしますっ！」とか、一生懸命アピールを続ける。

奥二重の目は緊張しているのか少し潤んでいて、瑞々《みずみず》しい花弁のような唇は必死に言葉を紡いでいる。その様子があまりにいじらしくて口元が緩み、それをごまかすようにフロントガラスの向こうに視線を向けた。こんなプレゼンは初めてだな、と思った直後、笑った温もりが一瞬で冷える。

駐車場の入り口から従妹の里香子が歩いてくる姿が見えたのだ。従妹としか思えないと何度伝えても、しつこく結婚を迫ってくる血のつながらない彼女。

（この石川栞奈という女性はなぜ契約結婚を望んでいるんだ？　本当に言葉通り半年で終わらせるつもりなのか？）

栞奈は運転席に身を乗り出すようにして、一途に俊吾を見つめている。

（だがもし、彼女も里香子ちゃんやこれまで俺に言い寄ってきた女性たちと同じだったら……？）

そんな疑念を抱いた瞬間、気づけば俊吾は栞奈の肩に手を乗せ、背中を助手席の背もたれに押しつけていた。

「それなら半年とはいえ、俺の妻になる覚悟を見せてもらおうか」

「副社長？」

栞奈が体を起こそうとするので、邪魔な眼鏡を外して彼女の頬に口づけた。

「うにゃっ⁉」

直後、なんとも不思議な声が返ってきて、俊吾は目を丸くした。

てっきり、白々しいほど色気たっぷりに誘ってくるものだと思っていたのだ。これまで彼に近づいてきたほかの女性と同じように。

けれど、栞奈は目を見張り、体はカチコチに固まっている。その様子に、俊吾の鼓動が乱れた。

もっとキスしたら、彼女はどんな表情をするんだろう。

柔らかく張りのある肌に惹《ひ》かれるように、そっと頬を啄《ついば》んだ。ほんのり甘く優しい香りがして、それを味わうように頬を食む。

「ふく、しゃ、ちょう……」

栞奈の唇から零れた声は、とろけそうに甘かった。潤んで艶めく瞳、バラ色に上気した頬……。

なんて。

（なんてかわいいんだ）

もっと彼女のことを知りたい。

そう思った瞬間、手で栞奈の頬に触れ、髪を梳《す》き、耳たぶに口づけていた。里香子がいなくなったことに気づいて、栞奈が上げた「あ、いない」という声で我に返るまで――。

　栞奈に逆プロポーズされた日のことを思い出して、俊吾は目元を緩めた。あの日、俊吾の心を摑《つか》み、知っていくたびに惹かれていった女性は、今、目の前の大きなベッドで、一歳八ヵ月になる息子の優《ゆう》と向かい合うようにして眠っている。俊吾が昼食の後片づけをしている間に、栞奈は優に昼寝をさせようとしていたのだが、ベッドに横になって寝かしつけているうちに、一緒に眠ってしまったようだ。

　二人とも楽しい夢でも見ているのか、口元がほころんでいる。

　俊吾は二人を起こさないように、慎重にベッドに体を横たえた。優を挟んで、文字通り〝川の字〟になる。

（かわいいな）

　俊吾は栞奈の頰にかかっている髪をそっと耳にかけた。もちろんほっぺがぷにぷにで手足の丸っこい息子もかわいいのだが、栞奈のかわいさは別格である。

　栞奈と出会って以来、どれだけの笑顔をもらっただろう。どれほどの幸せをもらっただろう。

「栞奈、ありがとう」

　囁《ささや》いて首を伸ばし、そうっと栞奈の唇にキスをした。

　けれど、栞奈は身じろぎ一つしない。

　愛おしさと感謝の気持ちに押されて、栞奈を起こさないよう気遣いながら口づけたものの……優は眠っていて、本当なら二人きりになれる時間だ。

栞奈を腕の中に閉じ込めて思いっきりキスしたい衝動と、ゆっくり寝かせてあげたい気持ちが葛藤する。

（いや、きっと栞奈は疲れているはずだ。せっかくだから寝かせてあげなければ）

鋼の意志で欲望を抑えつけ、気を紛らせようと仕事のことを考える。

ＯＳＫイレブンは来シーズン、現在Ｊ２所属のあるクラブチームのユニフォームサプライヤーになる。正式に発表されるのは今シーズンが終わった十二月だが、チームはこのまま行けばＪ１に昇格する可能性が高く、ＯＳＫイレブンがデザインして提供する新ユニフォームも注目を集めるだろう。俊吾はもちろん、栞奈も育休が明けてから、企画部の一員としてユニフォームの制作に参加した。

そうやって実績を積み重ね、質とデザインで知名度を上げて、ほかのＪリーグ所属チームの、ゆくゆくは海外のクラブチームのユニフォームも手がけたい。そしていつか、かつての所属チーム――元チームメイト、フェルナンドのチーム――のユニフォームを栞奈と一緒にデザインできたら。

（そうなったら、きっと栞奈が張り切るだろうな）

その様子を想像して含み笑いをしたとき、お腹の辺りで、もぞもぞと優が動く気配がした。

視線を下げると、優は四つん這《ば》いになって、ちょこんとベッドに座った。

「ママ……？」

優が栞奈を呼ぶので、俊吾は起き上がって優を抱き上げ、膝の上に座らせた。

「優」

「パパ」

優は栞奈によく似た奥二重の目で俊吾を見上げて、ニコッと笑った。

「お昼寝はもういいのか？」

「もいー」

もういい、という意味だろう。優は毎日のように語彙が増えていて、成長を見るのが楽しい。

「そうか。ママはもう少し寝かせてあげような」

「ママ、ねんね」

「そうだ。優はパパと遊ぼう。なにしようか？」

俊吾が優の目を覗《のぞ》き込むと、優は両手をパチンと合わせた。

「ぼーりゅ。ころころする」

「よし、じゃあ、庭に行こう」

俊吾はベッドから下りて優を肩車した。優の頭をぶつけないように気をつけながら、ベッドルームを出て、庭に面したリビングダイニングの窓を開けた。テラスに出て優をチェアに座らせ、足元に靴を置く。

「優、自分で履けるかな？」

「ゆう、はく」

「よし、偉いぞ。じゃあ、優が靴を履いている間に、パパはボールを取ってくるからな」

俊吾は優がぎこちない手つきで一生懸命靴を履こうとするのを視界の隅で見ながら、庭の倉庫に向かった。扉を開けて、子ども用の小さな折りたたみ式ゴールと、二回りほど小さな幼児向けの軽いボールを取り出した。

俊吾がゴールを組み立てて、ボールでリフティングを始めたら、「パーパぁ」と優が声を上げた。

「はけたー」

そうして一段ずつ、ゆっくりと階段を下りてくる。

「すごいな。もう履けたのか」

俊吾がボールをちょんと蹴って転がすと、優はちょこちょこ走ってボールを追いかけた。一生懸命手足を動かすその仕草がなんとも愛くるしい。

「優、キックしてパパにパスできるかな？」

幼児向けとはいっても優の膝ぐらいまであるボールを、優は両脚の脛《すね》で押すようにして転がした。

「おー、上手だ、優」

「ころころ、でちた」

「うん、できたな。すごいぞ」

俊吾に褒められて、優は嬉《うれ》しそうにその場でぴょんぴょん跳ねた。その拍子につま先がボールに当たり、ボールが転がった。それを見て、優は楽しそうな笑い声を上げる。

「パパぁ、ころころー。でちた、でちたぁ」

「そうだ。そうやって蹴るんだよ」

俊吾がドリブルの手本を見せたら、優は自分でボールを蹴ってはちょこちょこ追いかけ始めた。それを繰り返しているうちに、ドリブルに見えなくもない動作ができるようになる。

「すごいな、優！　ドリブルができるようになったじゃないか！」

これは栞奈に見せてやらなければ。

テラスに視線を向けたら、いつの間に来ていたのか、栞奈が立ってビデオカメラを構えていた。

「ママ！」

優も栞奈に気づき、ボールを放り出してぱたぱたとテラスに駆けていく。

「優～、すごく上手だった！　パパみたいにかっこよかったよ～」

栞奈は階段を下りてその場にしゃがみ、駆けてきた優を両手で抱きしめた。

「んー、優」

栞奈は優を抱っこしながら立ち上がった。俊吾は近づいて優ごと栞奈を抱きしめる。

「ゆっくりできた？」

「うん、がっつりお昼寝しちゃった。夜寝られなくなるかも」

「構わない。俺が朝まで寝かせないから」

俊吾がニッと笑うと、栞奈は目を見開いた。その頬がみるみるバラ色に染まって、俊吾は逆プロポーズされた直後に頬にキスしたときの栞奈の表情を思い出した。

「栞奈」

頬に軽く口づけたら、栞奈は照れてますます顔を赤くした。

「俊吾さん、優が」

栞奈に言われて目を向けると、優は疲れたのか栞奈の肩に頭を預けて眠っていた。

「ああ、寝たな」

俊吾は優を起こさないようにそっと抱き上げた。

「昼寝からすぐ起きてたからな。体を動かして眠たくなったんだろう」

「じゃあ、私だけお昼寝しちゃってたってことかぁ」

俊吾は優を抱っこしたまま階段を上り、リビングダイニングに入った。

「優をベッドに寝かせてくるよ」

「お願いします。優を寝かせたら、さっき撮ったビデオを一緒に見ようね」

「ああ」

俊吾はベッドルームに入り、優をそっとベッドに寝かせてブランケットを掛けた。ふっくらとした頬に長いまつげが影を落とし、すやすやと眠っている。

（また一緒にサッカーしような）

柔らかな髪を軽く撫《な》でた。俊吾がリビングダイニングに戻ると、栞奈はソファに座ってビデオカメラをテレビに接続しているところだった。

「記念すべき優の初ドリブル、撮れちゃいました！」

俊吾が隣に座り、栞奈は誇らしげな表情でビデオを再生した。画面では優が動き回り、転がるボールをちょこちょこと追いかけている。

「天才じゃないか？」

「天才だよね？」

俊吾と栞奈の声が重なり、二人は互いの顔を見た。目が合って、プッと噴き出す。

「親バカだな」

「だよね。でも、かわいいいんだもん」

「そうだな」

俊吾は左腕を栞奈の肩にかけて引き寄せた。そうして栞奈の唇にキスをする。

「優も栞奈もかわいい。愛おしくて、幸せで、胸がいっぱいになる」

俊吾の言葉を聞いて、栞奈は嬉しそうに笑った。

「私もだよ。俊吾さんがいてくれて、優がいて。毎日幸せで、ときどき泣きたくなる」

「幸せなのに泣きたくなるのか？」

俊吾は眉を寄せた。

「うん。出産してから涙もろくなったみたいで、すぐに泣いちゃう。でも、幸せだからなの。泣きたくなるくらい幸せなんだ」

栞奈の瞳が本当に潤んでいるので、俊吾は彼女の目尻にそっと口づけた。

「ふふっ」

栞奈が微笑んだ拍子に涙が零れ、それをチュッと吸い取った。そして栞奈の目をまっすぐに見つめる。

「栞奈、愛してる」

胸を温かく満たす、熱い想いを言葉にした。

「栞奈の存在が俺を幸せにしてくれるんだ」

栞奈は俊吾の背中に両手を回した。

「私も俊吾さんを愛してる。俊吾さんがそばにいてくれて、愛してくれて、すごく嬉しい」

栞奈の言葉が嬉しくて、愛おしさが募り、俊吾は栞奈の唇に、頬に、耳たぶにキスの雨を降らせた。それだけでは飽き足らず、首筋にキスを落とす。

「あ……ん、俊吾、さん」

とたんに栞奈の声が甘くなって、俊吾の下腹部が熱く滾《たぎ》った。

「栞奈」

彼女の腰に手を回して引き寄せながら、後頭部に手を添えてゆっくりとソファに押し倒した。栞奈は俊吾の頬を両手で包み、彼の顔を引き寄せるようにしてキスをした。少し照れたように微笑むその顔は、一緒にいた月日の分、優しくて、愛おしくて、艶めいている。

「栞奈、心から愛しているよ」

揺るぎないその想いを、言葉で、体で、何度も、何度でも伝えよう――。

# あとがき

はじめましての方も、お久しぶりの方も、こんにちは！　このたびは『冷徹副社長と契約結婚　憧れのストライカーはとろ甘な極上旦那さまになりました！』をお読みいただき、ありがとうございました！

ヒロインの栞奈は両親を亡くし、妹と一緒に祖母の家で暮らしていました。しかし、祖母が急逝し、遺言状に、半年以内に栞奈が結婚しなければ、家は叔母夫婦のものになると書かれていて……。自分はともかく、家を改装してベーカリーを営んでいる妹のために、なんとしても結婚相手を見つけなければ！　そう思った栞奈は、八年間ずっと憧れていた元サッカー選手で、現在は栞奈が働く会社の副社長を務める俊吾を待ち伏せして、逆プロポーズをしかけます。最初は冷たかった俊吾ですが、栞奈の一途な一生懸命さに心が動かされて……。

俊吾は〝冷徹副社長〟と呼ばれるだけあって、彼の熱い想いはなかなか栞奈に伝わらないのですが、伝わったらまあなんて……とろ甘な（笑）。そんな二人の恋の物語を、ステキなイラストと一緒にお楽しみいただけたら、とても嬉しいです。

本作は、らぶドロップスレーベルから電子書籍として配信されている『冷徹副社長に契約結婚を持ちかけたら、とろ甘な極上旦那さまになりました！』を少し修正して、番外編と挿絵イラストを加えたものです。番外編では俊吾目線で、栞奈に惹かれたきっかけと、その後の二人の幸せな休日を書きました。

本作のイラストは、超大好きな蜂不二子先生が描いてくださいました。大人の色気溢れる俊吾とかわいらしい栞奈の優しく温かみのあるステキな表紙と、ドキドキの挿絵を早くみなさまにもお見せしたいと、ずっと楽しみにしていました。

最後になりましたが、本作の出版にあたってご尽力くださいましたすべての方々に、心よりお礼を申し上げます。

そして本作をお手に取ってくださった読者のみなさま、本当にありがとうございます！

読んでくださるみなさまの存在が、作品を書く一番のエネルギーです。

最後までお付き合いいただきまして、本当にありがとうございました。

またどこかでお目にかかれますように。

ひらび久美

あなたに
抱かれ、
私は強くなる
セックス
こんなんじゃすまねえぞ
危険な香りのする男×世間知らずなお嬢様

## 辛口な上司ですが、プライベートは極甘です。ただし、私、限定で！

neco［画］

外見は癒し系、中身は辛口なイケメン×過去の恋をひきずるアラサー女子
泣きたくなったとき、ひとりじゃない方がいいだろ
同い年の上司は私にだけ優しすぎる——

# ひらび久美 作品　絶賛発売中！

## 恋愛遺伝子欠乏症 特効薬は御曹司!?

蜂 不二子［画］

俺を欲しがってくれてるみたいだ
彼は、私の心をとかす特効薬
「俺があんたの恋人になってやるよ」
地味で真面目な OL 亜梨沙は大阪から転勤してきた企画営業部長・航に押し切られ、彼の恋人のフリをすることに……。

## フォンダンショコラ男子は甘く蕩ける

蜂 不二子［画］

ガナッシュよりも熱く溶かされそう
「一生、俺の味見係にしてやる」
スイート・イケメン営業マン & 辛口クールなパティシエに翻弄!?
洋菓子メーカーの販売員として働く美渚。
異動先の店舗に初出勤した日、パティシエの蒼介に怒鳴られ、第一印象は最悪。
でも、スイーツ LOVE な二人は次第に接近して……

本書は、電子書籍レーベル「らぶドロップス」より発売された電子書籍『冷徹副社長に契約結婚を持ちかけたら、とろ甘な極上旦那さまになりました！』を元に、加筆・修正したものです。

★著者・イラストレーターへのファンレターやプレゼントにつきまして★
著者・イラストレーターへのファンレターやプレゼントは、下記の住所にお送りください。いただいたお手紙やプレゼントは、できるだけ早く著作者にお送りしておりますが、状況によって時間が掛かる場合があります。生ものや賞味期限の短い食べ物をご送付いただきますと著者様にお届けできない場合がございますので、何卒ご理解ください。
送り先
〒160-0004　東京都新宿区四谷3-14-1　UUR四谷三丁目ビル２階
(株) パブリッシングリンク　蜜夢文庫 編集部
○○（著者・イラストレーターのお名前）様

# 冷徹副社長と契約結婚
# 憧れのストライカーは
# とろ甘な極上旦那さまになりました！

２０２２年１１月２９日　初版第一刷発行

著……………………………………………………… ひらび久美
画……………………………………………………… 蜂不二子
編集…………………………… 株式会社パブリッシングリンク
ブックデザイン…………………………………… おおの蛍
（ムシカゴグラフィクス）
本文ＤＴＰ………………………………………… ＩＤＲ

発行人………………………………………………… 後藤明信
発行………………………………………………… 株式会社竹書房
〒102-0075　東京都千代田区三番町８－１
三番町東急ビル６Ｆ
email：info@takeshobo.co.jp
http://www.takeshobo.co.jp
印刷・製本………………………………… 中央精版印刷株式会社